dtv

Die Geschichte zweier Brüder, gespiegelt in ihren Briefen. Sie sind polnische Juden, in England aufgewachsen, in der Welt zu Hause, also nirgendwo. Emmanuel Borovsky hat sich stets als Erfinder gesehen. Als Schuljunge will er die Luft erfunden haben, jetzt sucht er Geldgeber für einen Supercomputer, der die weltweite Verteilung der Güter jenseits aller politischen Interessen regeln soll. Sein Weg führt ihn von der Südsee nach Reykjavik und Berlin, nach New York und Jerusalem, von wo er in Briefen seinem Bruder Boris über die Fortschritte seiner Mission berichtet. Es handelt sich natürlich um Rückschritte. Nichts in Ordnung, die Welt ein Tollhaus, regiert und unterwandert von Hochstaplern und Verrückten, unter denen ein falscher Messias ganz natürlich wirkt.

Jakov Lind, am 10. Februar 1927 in Wien geboren, lebte von 1938–1943 in Holland und von 1943–1945 als holländischer Fremdarbeiter mit falschen Papieren in Deutschland. In seinen Erzählungen, Romanen und Stücken hat er sein verrücktes Schicksal beschrieben. Seit 1954 lebt er in London, New York und Deya, Mallorca. Weitere Werke u.a.: ›Landschaft in Beton‹ (1963), ›Eine bessere Welt. In fünfzehn Kapiteln‹ (1963), Romane; ›Seele aus Holz‹ (1984), Erzählungen.

Jakov Lind

Der Erfinder

Ein Roman in Briefen

Deutsch von Jörg Trobitius

Deutscher Taschenbuch Verlag

Ungekürzte Ausgabe
Februar 1997
Deutscher Taschenbuch Verlag GmbH & Co. KG,
München

Titel der englischen Originalausgabe:
›The Inventor‹ (Methuen, London 1987)

ISBN 3-446-14989-9
Umschlagkonzept: Balk & Brumshagen
Umschlagbild: ›Der Toast‹ (1902) von Félix Vallotton
Gesamtherstellung: C. H. Beck'sche Buchdruckerei,
Nördlingen
Gedruckt auf säurefreiem, chlorfrei gebleichtem Papier
Printed in Germany · ISBN 3-423-12396-6

Für meinen Sohn Simon,
der uns allen viel zu schnell voranging.

Dieses Buch entstand zu einer Zeit, als es mir seelisch und finanziell miserabel ging. Ich möchte hier der VG Wort, München; der LVG-Mechana, Wien; Fred Sinowatz, damals Bundeskanzler, jetzt Vorstand der SPÖ, Wien; und last not least dem Deutschen Literaturfonds, Darmstadt, für großzügige Hilfe meinen herzlichen Dank sagen.

Jakov Lind

Es gibt kein Wesen, auch nicht das geringste,
das dem Funken verbannter Seelen,
die sich nach Erlösung aus ihrem Exil sehnen,
nicht als Hülle dienen könnte.

R. Chaim Vital
Kabbalist des sechzehnten Jahrhunderts

Brief von Emmanuel Borovsky an seinen Bruder Boris Borovsky

Hotel Palace
George Town
Grand Cayman Island, 10. März

Wenn ich von dieser Welt bis jetzt auch nicht ganz verschwunden bin, lieber Boris, so bin ich doch an ihrem äußersten Zipfel angelangt. Von hier zum Nichts ist nur noch ein winziger Schritt; dies ist die allerletzte Station vor dem Endziel aller Reisen. So düster? Nein. Schlimmer, viel, viel schlimmer. Diese Insel, die auf der Karte nur drei Zentimeter südlich von Kuba liegt, ragt wie der grüne Fingernagel eines ertrunkenen Riesen aus dem Ozean, und auf diesem grünen Splitter, letztes Mahnmal verwesten Lebens, wimmelt es geradezu von Millionen zweibeiniger Larven. Winzige, hilflose, zappelnde Geschöpfe, die alle nach Luft, nach einer Chance zum Überleben schnappen.

Wie ich hierher verschlagen wurde, ist rasch erklärt, ob ich diesem maritimen Alptraum je wieder entfliehen kann, steht noch dahin.

Zwei voneinander unabhängige Ereignisse (aber gibt es so was?) haben mich in dieses gottverlassene Exil verschlagen. Erstens ein unerwarteter Wechsel in der Leitung des Hotels George Cinq in Paris, wo ich – solange mein Freund Charles de Tour Direktor war – eine billige Unterkunft hatte. Zweitens ein nicht so ganz unerwarteter Anruf Joseph Samuels, meines Vermögensverwalters, der mir dringend empfahl, mit dem letzten Rest auf meinem Konto eine Handelsgesellschaft in diesem Steuerparadies zu erwerben.

Und da sitze ich nun, mit Blick aufs blaue Meer und riesige grüne Palmen, eine traurige Aussicht, die mir trotzdem lieber ist als der deprimierende Anblick des Hotels Palace mit seinem schwarzen und grünen Schimmel auf den Wänden. Auch sonst ist hier alles ziemlich ekelhaft. Nicht nur mein Zimmer. Auch die schmutzigen weißen Uniformen des Hauspersonals. Und sogar der Name meiner neuen Firma, BRUSTKOPF LIMITED, ist mir widerlich.

Heute ist Dienstag. Jetzt bin ich eine Woche hier. Morgen früh um elf habe ich eine Verabredung mit Dudley Windermere, Leiter der hiesigen Filiale der National Westminster Bank. Vielleicht gibt er mir eine Hypothek auf die Firma, oder er tauscht sie mir gegen ein Flugticket nach New York ein. Um von hier wegzukommen, wäre ich zu jedem Handel bereit. In New York habe ich einen Freund, Irving Cohen, ein gescheiter Kopf und glänzender Finanzberater. Sein Geschäft ist es, Firmen aufzukaufen, ich muß Briefe schreiben, fabelhafte neue und komplizierte Einfälle haben und sensationelle Erfindungen machen. Als Inhaber einer Firma bin ich – rechtlich gesehen – auch in der Lage, die Finanzwelt an der »Entwicklung, Produktion und Vermarktung einer neuen Erfindung« zu interessieren. Das ist doch nicht übel, oder?

Ich kann es immer noch nicht glauben, lieber Boris. Eine wahre Katastrophe! Brustkopf ist nicht einmal die Druckerschwärze auf den zwölf Seiten des Vertrages wert, der gespickt ist mit so schönen Floskeln wie »fürderhin« und »daraus folgt«. Ein Fetzen Papier, nichts weiter!

Kurz gesagt: Jakob Brustbein und Zaddik Kopfmann, die ursprünglichen Firmeninhaber, zwei Geschäftemacher polnischer Herkunft, haben sich noch rechtzeitig aus dem Staub gemacht. Sind nach Caracas verschwunden. Sie haben Glück gehabt. Sie hätten leicht eine Hand oder einen Fuß in diesem Geschäft verlieren können. Das ist buchstäblich gemeint: BRUSTKOPF LIMITED hat nämlich Alligatoren gezüchtet. Aber statt kleine Tiere zu kaufen, die man mit Abfall ernährt, haben sie sofort mit ausgewachsenen Ungeheuern angefangen, und jedes dieser Viecher verschlingt am Tag ein Schaf oder eine ganze Ziege. Statt die Biester in einem Sumpf unterzubringen, wo sie hingehören, haben die beiden Herren geglaubt, es wäre vorteilhafter, sie im eigenen Swimming-pool zu halten. Stell dir das vor! Natürlich haben sich die Männchen sofort gestritten und einander zerfetzt. Und je älter solche Viecher werden, um so poröser und brüchiger wird ihre Haut, und ab einem gewissen Alter kann man sie nur noch wegschmeißen wie alte Tapeten. Die Geschäftsleitung der BRUSTKOPF LIMITED aber hat sich gedacht: Je älter die Tiere, um so mehr Haut läßt sich »ernten«. Sie haben so lange gewartet, bis sogar das Fleisch, das gewisse deutsche und französische Feinschmecker lieben, völlig ungenießbar wurde, und dann war es natürlich nur noch als Köder zu verwenden. Sechshundert Alligatoren, stell dir das mal vor, als Fischfutter verramscht! Von zwei Geschäftsleuten aus Lodz hätte man sich mehr Vernunft erwartet. Eine Katastrophe, wie gesagt. Und diese Firma habe ich mit meinem letzten Geld gekauft! Was soll ich dir sagen? In der Art, wie mich Windermere ansah, habe ich sofort begriffen, daß er vor Leuten polnischer Herkunft jeglichen Respekt verloren hat. Vorurteil oder nicht, von Windermere jedenfalls kriege ich keinen Groschen.

Ich habe manches zu überlegen. Vor allem aber denke ich über Geld nach.

Sonntag

Ferenczi meint: »Geld, oder vielmehr unsere Beschäftigung mit Geld, läßt sich leicht auf den infantilen Trieb, mit den eigenen Fäkalien zu spielen, zurückführen...« Diesen Spieltrieb mit dem eigenen Dreck hätten wir einfach mit Geld ersetzt. Geld wäre also nichts anderes als »entwässerter Stuhl auf Hochglanz poliert«. PECUNIA NON OLET oder wie es auch heißt: Geld stinkt nicht.

Marx hat dem Geld die mystischen Eigenschaften eines Fetisch zugesprochen, nannte es »eine Ware, die das Okkulte verkörpert«. Wenn Freud über das Ende dieser Illusion, über das Ende dieser alchimistischen Selbsttäuschung redet, prophezeit er »die Entdeckung unserer wahren Werte, wenn das Unbezahlbare zum Nutzlosen wird«. Sie haben alle recht. Geld, und was sich dafür kaufen läßt, ist nichts weiter als ein geruchloses Bild von Zahlen am Computer-Bildschirm, eine totale optische Täuschung, Symbol einer Belohnung für normale geistige und körperliche Entwicklung, ein Prozeß, den wir einfach

Juden nach Spanien angelangt. Beim ersten Gang, beim Fisch, schlägt er lächelnd vor, es wäre vielleicht an der Zeit, daß man die Kathedrale von Palma wieder in den großen Tempel zurückverwandelt, den der Pöbel im Jahr 1395 vernichtete...

1995 wären es genau sechshundert Jahre her, der angemessene Zeitpunkt, den großen Tempel von Palma auf seiner ursprünglichen Stätte erneut einzuweihen.

»Eine korrekte und noble Geste der Anständigkeit, ein Beispiel der Wiedergutmachung von Unrecht für die übrige Welt.« Wenn's zu den Fleischgerichten kommt, hat er seine Zuhörer längst gebannt.

Er schlägt vor, in Toledo sowie in Cordoba Seminare zur Schulung von Rabbinern zu gründen. Gerona, Zentrum der Kabbalisten im zwölften Jahrhundert, soll wieder Lehrstätte esoterischer Studien werden.

Als schließlich Nachspeisen, Kaffee, Cognac und Zigaretten gereicht werden, ist Irving endlich beim *Barbarusi*, dem Hirscheber, angelangt. Das *Barbarusi*, erst kürzlich im Hochland von Sumatra entdeckt, hat den gespaltenen Huf des Schweins und gleichzeitig die beiden Mägen des Wiederkäuers. Das erste wirklich koschere Schwein also, das es gibt.

»Der Hirscheber fände auf den Höhen der Sierra Madre unzweifelhaft eine zweite Heimat. Das Klima wäre dort genau richtig und man könnte ausgedehnte Herden dieser *Barbarusi* züchten.«

Seine Majestät und die Königin und die ganze Tischrunde schütteln sich vor Lachen.

Irving aber zeigt kaum ein Lächeln und fährt unentwegt fort: »Das Fleisch des Schweines essen heißt nicht nur, vom Körper einer uns an Intelligenz überlegenen

Kreatur zu kosten. Der Genuß von Schweinefleisch gehört nicht nur zur althergebrachten Tradition häuslicher Tierzucht aus wirtschaftlicher Erwägung. Das Schwein ist vielmehr unser Lehrmeister. Vom Schwein lernen wir, wie man auch trotz überlegener Intelligenz mit den einfachen Dingen des Lebens wie dem Essen und der Ausscheidung von Nahrung allein glücklich und zufrieden sein kann. Nur das Schwein weiß in seinem Herzen etwas über die Vergänglichkeit des Daseins, und daß wir es eben deshalb bis zur letzten Minute unvermindert genießen mögen. Und zuletzt, wenn auch nach viel Geschrei, opfert sich das Tier für uns auf und schenkt uns nach seinem Ableben sein Fleisch, an dem wir gedeihen und fett werden, und lehrt uns somit die wahre Demut! Der Genuß vom Fleisch eines Tieres, das zwar den gespaltenen Huf hat, dem aber der zweite Magen zum Wiederkäuen fehlt, ist uns nicht erlaubt. Es ist weder den Muslims noch den Juden gestattet und war von Jesus und seinen Jüngern ebenso verpönt. Muslim, Jude und Christ konnten seit zweitausend Jahren nicht am gleichen Tisch essen. Und was geschieht nun? Ein neues Zeitalter ist plötzlich angebrochen. Von den Höhen Sumatras eilt neue Kunde auf schnellen Beinen und verkündet das Ende der Zeit, das neue Himmelreich, die Verbrüderung der gesamten Menschheit.

Die allerletzte und heiligste Kommunion von Juden, Christen und Muslims wäre eine gemeinsame Mahlzeit von koscherem Schweinebraten, mit Zitronen, Pfeffer und Knoblauch gewürzt! Das Züchten des Hirschebers in der Sierra Madre ist die endgültige iberisch-katholische Sendung. Damit wäre Spaniens besondere Berufung erfüllt.«

Es wird gelächelt, gekichert und laut gelacht.

»Wie du merkst«, flüsterte Irving mir zu, während sich alle noch vor Lachen winden, »glaubt man hier, ich erzähle jüdische Witze, und jüdische Witze hat jeder gern. Hätte ich ihnen alles so ernst erzählt, wie ich es wirklich meine, hätte mir keiner zugehört. Jedenfalls haben wir hier offenbar neue Freunde gefunden. Jetzt kannst du das Projekt von deiner Erlösungsmaschine auspacken.«

Es könnte durchaus sein, daß Seine Majestät Juan Carlos von Spanien mein zweiter Teilhaber wird. Aber bereits im Taxi zum Flughafen schlägt Irving vor, ich sollte mich auch mit einem gewissen Elim Ffinger, dem Messias von Antwerpen, treffen, gibt mir seine Adresse und verspricht, ihn vorher anzurufen.

Die ganze Reise nach Spanien und zurück hat knapp eine halbe Stunde gedauert, ich im Lehnstuhl vor meinem Bungalow.

Australia macht das Bett, wäscht den Fußboden und erzählt mir die Geschichte von ihrem ersten Geliebten, der sie an ihrem zwölften Geburtstag heiraten wollte. Aber ich höre kaum zu. Ich denke noch immer an den Lunch in Palma und versuche, mir den Messias von Antwerpen, Elim Ffinger, auszumalen.

Herzliche Grüße,
dein Bruder

Ein Brief von Boris Borovsky an seinen Bruder Emmanuel

The Lodge
Bishop's Avenue
London, 30. März

Du treibst dich also weiter herum. Und das in deinem Alter! Ein anderer hätte sich längst in die Arme einer Geliebten zurückgezogen, würde anständig und gesund essen, Bücher lesen, spazierengehen und schwimmen, um rüstig zu bleiben. Und auf jeden Fall würde er im eigenen Bett schlafen!

Das wäre normal und natürlich! Aber bei dir war von normal und natürlich nie die Rede. Du bist immer unterwegs wie die Maus im Laufrad, mein Lieber, und du wirst des Phantasierens scheinbar nie müde.

Seit wir zuletzt voneinander hörten, hat sich bei mir einiges geändert. Ich habe geheiratet. Eine wunderschöne Frau, halb jüdisch, halb Eskimo. In Sibirien geboren. Sie heißt Oksana Lieblich und entstammt einer Familie von Schauspielern und Bärenjägern, ist in einer sibirischen Sippe von Bärenjägern aufgewachsen mit dem althergebrachten Glauben an Schamanen und geheime Beschwörungen und Zaubergetränke. Sie glaubt auch heute noch an Geister, Gespenster und Teufel. Das jüdischste an ihr ist ihr Vatername, Lieblich, und auch diesen hat sie seit unserer Ehe abgelegt und ist geblieben, was sie immer war: ein Eskimo-Bärenjäger. Ihre Flüche sind Gott sei Dank kaum übersetzbar. Aber ich liebe sie trotzdem, und soweit sich dieser undefinierbare Zustand selbstgefälliger Zufriedenheit definieren läßt, sind wir sogar glücklich.

Glücklich? Was heißt schon glücklich? Ehrlich gesagt, wenn ich das Wort glücklich nur höre, wird mir schlecht. Aber Oksana sagt: »Du bist scheißglücklich, hörst du! Und damit basta! Und jetzt halt's Maul!« So redet sie mit mir. Du kennst mich ja. Wie jeder kluge Mann, gehe ich mit Frauen sanft um. Man kann ja nie wissen. Und mit einer Frau, die von Kindheit an lernte, wie man einen Bären zerlegt, ist man vernünftigerweise noch rücksichtsvoller und besonders vorsichtig. Also sage ich: »Meinetwegen, wenn du darauf bestehst, bin ich halt glücklich.« In ihrer Heimat ist das Wort Ironie unbekannt.

Wir leben also wie zwei fromme Täubchen unterm gleichen Dach. Sie liebt mich, und ich liebe sie, und soweit sieht alles wunderbar aus. Ich denke kaum an meine unzähligen Freundinnen, Dienstmädchen, Zufallsbekanntschaften, vier Ehefrauen und die anderen Verlobten und so weiter und so weiter, denen ich in meinem Leben begegnet bin. Was ich damit sagen will: Ich denke an meine Vergangenheit ohne jeden Groll und jede Reue und habe alle Frauen in liebevoller Erinnerung.

Vielleicht hat meine Hexe tatsächlich recht und ich bin, Gott behüte, wirklich glücklich verheiratet? Am Baldachin unseres vierpfostigen Liebesschreins sehe ich kaum eine Wolke. Stell dir vor, nach zwei Jahren verbringen wir noch immer mehr Zeit im Bett als außerhalb. Was sagst du dazu?

Natürlich gibt es immer wieder kleinere Wölkchen, aber die meisten ziehen schnell vorbei, bis auf eine Wolke, die sich leider kaum rührt.

Bisher hat noch jeder Arzt meine eigene Diagnose bestätigt: Es gibt keinen vernünftigen Grund, warum Oksana, gerade achtunddreißig, nicht schwanger wird. Aber sie wird's einfach nicht. Nicht, daß wir faul wären, an uns liegt es gewiß nicht, im Gegenteil, wir sind damit fortwährend beschäftigt (vielleicht sollten wir eine Pause einlegen?).

Ihr fehlt nichts, mir fehlt nichts. Meine Kinder sind erwachsen, ich habe nichts zu beweisen, und an Nachkommen fehlt's mir schon gar nicht.

Die Ärzte in der Harley Street und der London Clinic haben uns keine Hoffnung gemacht, also blieb uns nichts übrig, als jeden Quacksalber aufzusuchen. Erst haben wir den berühmten Herrn Federbusch, einen deutschen Briefträger in einem kleinen Ort an der holländischen Grenze, besucht, der ihr das Beten beibringen wollte. Anschließend sind wir nach Bombay geflogen. Ein »weltberühmter« Homöopath. Er hat ihr Gelée Royal und vegetarische Kost verschrieben. Nebbich. In Seoul in Südkorea hat Kim Il Sung, Großmeister der Akupunktur, sie tagelang mit seinen Nadeln gefoltert. Das hat gereicht. Der Optimismus ist kostspielig. Entweder geht einem das Geld oder die Geduld aus. Uns ging beides aus, und schneller als gedacht. Daheim in London hat nach der langen Reise der wirkliche Kummer erst richtig angefangen. Weil sie kein Kind haben kann, will sie ... einen Hund.

Angeekelt muß ich mitansehen, wie sie mit jedem Hund auf der Straße spielt. Auf einmal ist jede vierfüßige Kotmaschine ihr »bester Freund«. Am liebsten würde ich sie alle vergiften, diese Köter, zusammen mit den Katzen auf unserer Straße. Ich weiß ja, wie das enden wird. Widersetze ich mich einem Hund, wird sie sich eine Katze wünschen. Und ehrlich gesagt, gegen einen kläffenden Köter kann man sich noch wehren, aber wie wehrt man sich gegen so ein siebenbeiniges Katzenungeheuer, das dir nachts im Schlaf mitten ins Gesicht springt und nach Urin riecht, daß dir übel davon wird?

Wenn ich es mir überlege, kann ich mich nicht entschließen, was mich mehr stören würde im Haus. Köter oder Kater? Hund oder Katze? Gehupft wie gesprungen. Meine Abneigung gegen Haustiere läßt sich kaum verheimlichen, und Oksana schimpft und verflucht mich in ihrem Eskimo-Dialekt, sobald wir nur das Thema berühren. Was sie genau sagt, ist mir nicht recht klar, aber daß sie mir nichts Gutes wünscht, ist eindeutig.

Letzten Winter hat sie kleine Bauchwärmer für Hunde gestrickt, sie sogar an die Tierhandlung in unserem Viertel verkauft. Jetzt aber ist Frühling, mit dem Stricken ist's vorbei und sie wünscht sich entweder einen Terrier oder einen Pudel, einen Bernhardiner oder einen Zwergpinscher. Mich machen alle Hunde nervös. Terrier oder Pudel, Bernhardiner oder Zwergpinscher.

Ich vertrage sie einfach nicht! Aber eins ist mir klar: Ob ich will oder nicht, eines Tages komme ich nach Hause und finde einen Hund im Bett. Das ist meine Prophetie!

Ich fürchte mich vor Hunden. Wie kann ich ihr zu verstehen geben, daß Hunde noch schmutziger sind als Schweine? Starrköpfig wie sie ist, behauptet sie natürlich, daß die Zunge des Hundes sauberer ist als die Zunge eines Menschen, selbst nachdem das Vieh seine Schnauze in jeden Dreck gesteckt hat.

»Einen Hund auf die Schnauze zu küssen, ja sogar ein

Zungenkuß mit so einem lieben Tierchen, ist fast wie eine Impfung gegen alle möglichen ansteckenden Krankheiten.« Wo nimmt man die Kraft her, ihr diese sibirischen Märchen auszureden?

»Ich schlage vor, wir fragen einen Tierarzt, ob die Zunge eines Hundes so rein ist.«

»Alle Tierärzte sind Quacksalber«, schreit sie mich an, »genau wie Psychiater. Mögen sie alle an Tollwut krepieren, die Schufte! Bei uns in Myrnyy haben wir unsere Schlittenhunde mit Rentierkadaver gefüttert, und trotzdem rochen sie hinten besser als unser Genosse Tierarzt durch seine falschen Goldzähne.«

Ich lebe, wie du dir vorstellen kannst, in einer gewissen Spannung, wenn es mir auch sonst recht gutgeht. Ich gehe nur selten weg, kaum für mehr als ein paar Stunden, und immer in der Angst, sie bringt einen Hund oder eine Katze heim, wenn ich zu lang wegbleibe. Oksana braucht ein Kind. Und ich bin keines. Glaubt sie.

Jetzt aber genug über mich und meine Ehe. Ich habe eine wirklich schöne Villa mit eigenem riesigen Garten in der Bishop's Avenue. Wir haben zwölf Schlafzimmer und benützen nur eines. Du kannst bei uns wohnen, hättest ein ganzes Stockwerk für dich, ohne uns zu stören. Ich wäre glücklich, wenn du hier einziehen würdest. Glücklich ist natürlich übertrieben, aber du weißt, wie ich's meine. Du bist von Herzen hier willkommen. Hier kannst du wie ein Mensch leben, statt wie ein Luftmensch auf einem Bein, wie ein Seiltänzer. Ich weiß noch, als ob's gestern wäre, als unsere Lehrerin, Mascha Kapulsky, dich fragte, du warst gerade vierzehn, was du einmal werden wolltest. Du sahst sie beleidigt an.

»Was ich werden will?« fragtest du ganz entrüstet. »Ich brauche nichts zu werden. Ich bin bereits etwas. Ein Erfinder!«

»Und was hast du erfunden?« fragte sie dich.

»Die Luft. Ich habe die Luft erfunden.«

Eine sehr gute Antwort! Deine Erlösungsmaschine scheint mir vom gleichen Stoff zu sein.

Jede Erlösung der Menschheit ist so ein Luftschloß. Der Vorgeschmack, den uns die Kommunisten in Rußland von Erlösung geben, genügt dir offenbar nicht.

Lieber etwas weniger Gerechtigkeit jetzt, als noch mehr Unrecht in Zukunft. Der Hoffnung eine Chance lassen! Die soziale Gerechtigkeit, die du mechanisch herstellen willst, macht mich genau so nervös wie Oksanas Hingabe an schwanzwedelnde Haustiere. Auch sie redet fortwährend von armen Geschöpfen, denen man Liebe schenken muß, und gleichzeitig ist sie bereit, ein unschuldiges Wesen, das seine Freiheit will, einzusperren. Soziale Gerechtigkeit hat sogar mehr Blut gekostet als unser Selbsterhaltungstrieb. Und wozu? Ein zentral gesteuertes, weltweites Wirtschaftsbarometer ist eine ausgezeichnete Idee. Gar nicht so ausgefallen, wie es sich anhört. Daß du damit die Welt retten kannst oder wirst, ist natürlich reiner Unsinn, das ist klar. Aber wenn dies dein Projekt ernähren kann, ist es sicher nützlich. Dabei von Erlösung der Menschheit zu reden, ist natürlich purer Unfug. Aber meinetwegen.

Da ich dein Bruder bin und es mir leisten kann, erlaube ich mir, diesem Brief einen Scheck über zweitausend Pfund beizulegen. Das dürfte dich wie auch Australia und ihre Eltern und Kinder eine Zeitlang über Wasser halten.

Und wenn du wirklich weg willst, zurück nach Paris oder anderswohin, reicht es vielleicht auch noch für ein Flugticket.

Herzlichst,
dein Boris

Ein Brief von Emmanuel an seinen Bruder Boris

Hotel Palace
Grand Cayman Island
12. April

Das Leben ist voller Wunder, und jeden Tag passiert ein neues. Für deinen Scheck, der vor drei Tagen eintraf, vielen Dank. Dein Anteil an meiner neuen Firma ist damit nicht zu unterschätzen. Du bist von nun an mein Partner bei BRUSTKOPF LIMITED. Gratuliere!

Vor zwei Tagen, wie weiß ich noch immer nicht, kam ein Anruf aus Antwerpen.

Ich soll Elim Ffinger nicht in Antwerpen, sondern in Reykjavik treffen. Er hatte durch Irving Cohen von mir gehört. Der Anruf hat mich verwirrt, das Ganze ist schleierhaft. Tatsache bleibt: Ein mir fremder Mann ruft mich an, will, daß ich nach Island fliege, noch dazu auf seine Kosten. Also muß ich nach Island, um einen Mann zu treffen, mit dem mich sowohl Irving wie mein Freund, Dr. Armin Reichmanovsky aus Wien, längst bekannt machen wollten.

»Verrückt wie ein Fuchs, schlau wie eine Ratte und eitel wie ein Pfau«, hat ihn Irving beschrieben. Armin kennt Ffinger aus Rom, saß dort viele Nächte mit ihm beisammen. Er kennt ihn recht gut, spricht über ihn mit Hochachtung, sogar mit kaum verhohlener Bewunderung.

Laut Armin ist Ffinger Mitte Fünfzig, spricht vierzehn Sprachen und wurde als Samuel Butterfeld in Transsylvanien geboren. Er nennt sich jetzt aber Elim Ffinger, geschrieben mit zwei »f«, kam kurz nach dem Krieg nach Antwerpen, um von dort nach Kanada zu emigrieren, blieb aber hängen und heiratete Hermann Kirschzuckers häßlichste Tochter. Kirschzucker hat drei, und wie dir jedes Kind in Antwerpen erzählen kann, ist Hermann Kirschzucker der Diamantenkönig von Antwerpen.

Mit Hilfe der Mitgift hat Ffinger sieben oder acht Jahre Kabbala studiert, sonst hat er nichts getan. Zeugte keine Kinder, ging keinem Geschäft nach, sondern blieb einfach daheim oder besuchte seinen Lehrmeister, den berühmten Rabbi Saul Arjeh Hirschheimer, einen achtzigjährigen Weisen, mit dem er *Tsimtsum* und *Klippa* und ähnliche ausgefallene Dinge disputierte. Nebenbei pflegte er eine geheime Freundschaft mit einem Moslem, einem Türken, der zur Sekte der *Dönmeh* gehörte, also insgeheim Jude war. Der Türke hieß Ferdinand Moussa – ein Name, mit dem man jeden täuschen kann. Dem Türken ist es irgendwie gelungen, Elim davon zu überzeugen, daß er (Elim) die Reinkarnation des Schabbtai Zwi wäre, des Messias aus Smyrna, und ihm (Elim) fehle es weder am Charisma, überragender Intelligenz, noch an Mitteln und aristokratischer Haltung, der Messias »unserer Tage« zu werden.

Nachdem sich Elim dies von dem Türken einreden ließ, landete er immer wieder in Nervenheilanstalten und bekam es öfters mit der Polizei zu tun. Er wurde beschuldigt, insgeheim Orgien zu feiern und Gebetbücher und ähnliche geweihte Dinge zu verbrennen. Es wurde sogar geflüstert, Ffinger hätte mehr als einen Finger bei der

Ermordung eines orthodoxen Rabbiners im Spiel gehabt, aus Rache gegen einen Fluch, den der Rabbiner über ihn verhängt hatte.

Interessante Dinge, die man lange behält. Außerdem, man kann ja nie wissen, einem Erlöser könnte meine Maschine eventuell nützlich sein. Ich muß diesen Elim treffen. Ich kann nicht anders.

Ich habe mich von Australia verabschiedet. Sie weinte und schluchzte, die Arme, habe ihr fast das Herz gebrochen, mußte ihr natürlich versprechen, daß ich so bald wie möglich wiederkomme. Wie kann ich diese Frau je verlassen? Sie hat völlig recht. Ich tu's ungern, aber ich muß. Ich habe ihr ein ganzes Monatsgehalt im voraus bezahlt, aber darum ging's nicht. Mit Geld ist Australia kaum zu trösten.

Bald bin ich in Reykjavik, weit weg von hier, weit entfernt von meinem Bungalow, aber Australias Stimme bleibt mir im Ohr. Morgen fliege ich ab und kann's noch immer nicht recht glauben.

Hotel Siguurd Gudmundsen
Reykjavik
Sonntag

Habe eine lange, umständliche und anstrengende Reise hinter mir. Über Nassau, Miami, London und Luxemburg. War das eine Reise! Gestern nachmittag um zwei verließen wir Luxemburg mit vierzig deutschen Damen mittleren Alters an Bord, unterwegs zu den heißen Quellen von Island unter Leitung einer attraktiven jungen Ärztin, Frau Dr. Asmus. Zweck der Reise: Gruppensextherapie! (Ja, das gibt es!) Wir sollten um 17.30 landen, aber dreihundert Kilometer vor Island, zehntausend Meter über dem tosenden Meer, setzt einer der vier Propeller aus. Fasten your seatbelt! Sofort anschnallen! Bis auf murmelnde Lippen, die hauchlos Gebete flüstern, nur lähmendes Schweigen. Flugkapitän Caspar Strømmer, ein kühler Schwede, kam den Gang entlang und versicherte jedem, was er selbst nicht glauben konnte: Die altmodische viermotorige Dakota wäre das sicherste Flugzeug der Welt, sie könne sogar mit zwei, selbst mit einem Propeller fliegen und landen. Dabei lächelte er spitz wie ein Hering.

Wer das glaubt, kann auch an Wiederauferstehung und Reinkarnation glauben. Und wenn man keine Wahl hat, glaubt man eben alles.

Das Pärchen neben mir war wirklich ein seltsames Paar. Er als Mönch und sie als Nonne gekleidet. Bald stellte sich heraus: Deutsche. Deutsche, die gleich nach dem Krieg Deutschland verließen. Sie sagten, sie wären nicht nur dem Namen nach, sondern wirklich Schwester und Bruder, die beiden Jüngsten aus einer vierzehnköpfigen Familie bayerischer Bauern. Er stellte sich als Bruder John und sie als Schwester Agnes vor. Früher, bevor sie ins St. Joseph's Stift in Prescoe (in Limmerick, Irland) zogen, hießen sie Johann und Agathe Pohl.

Der Krieg hat bei ihnen mehr als nur die Namen geändert. Ein Bruder, Ulrich, hat Himmler bis zum Ende treu gedient. Er ließ Tausende Juden, Partisanen und russische Kriegsgefangene hinrichten, also ein wirklicher Kriegsverbrecher, der noch immer irgendwo in Paraguay als wohlhabender Plantagenbesitzer lebt. John und Agnes, die ernsthaft dran glaubten, sie wären ihres Bruders

Hüter, widmeten ihr Leben seitdem einem Waisenhaus in Limmerick als Mönch bzw. Nonne, um die Schuld ihres Bruders zu büßen. Dieser große Schritt war ihnen keineswegs leichtgefallen. Als Agathe war sie eng mit Eva Braun befreundet gewesen, hat manches Wochenende bei den Hitlers in Berchtesgaden verbracht, zur Zeit als Johann das berühmte U-Boot SEEWOLF kommandierte. Der SEEWOLF hat bekanntlich mehr als vierundzwanzig britische und amerikanische Handelsschiffe versenkt. Von Dönitz öffentlich verdächtigt, ein Mitverschwörer des Admirals Canaris zu sein, ging U-Boot-Kapitän Johann Pohl im Soroysund nahe Hammerfest in Norwegen auf Tauchstation, bis er sich einem britischen Zerstörer ergeben konnte.

Während die Gebete im Flugzeug lauter wurden, wurde Bruder Johns Stimme immer leiser. Das war der richtige Moment, Hiob zu zitieren und Psalmen aufzusagen. Ich sah mir seine Augen an, die grauen harten Augen einer Möwe, denen der bayerische Bauernsohn nicht anzusehen war. Diese Augen waren auf eine kleine geschnitzte Figur seines Heilands geheftet. Er hielt sie in der Linken. Die Lippen bewegten sich nicht. »Gott höre mein Gebet und verbirg dich nicht vor meinem Flehen«, Psalm 55. Er streichelte die Worte mit zarten Fingern wie ein Blinder, der Blindenschrift liest. Schwester Agnes' Augen waren geschlossen, um den Zeigefinger ein Rosenkranz. Ich weiß nicht mehr recht, woran ich dachte. Mein Kopf war leer, grau und leer wie der Himmel an diesem späten Nachmittag. »Da du sowieso schon gestorben bist«, redete ich mir ein, »geht's dir eigentlich noch gut.« Es war der richtige Augenblick, meinen Lieblingsvers aus dem Buch Hiob zu zitieren. »Den Frommen und den

Gottlosen, Er bringt sie beide zu Fall. Vor Gott, der die Menschheit verhöhnt und die Unschuldigen verspottet, sind alle gleich.«

Mit einem leichten Kopfnicken zeigte mir Bruder John an, er hätte mein Flüstern verstanden. Schwester Agnes öffnete ihre Augen für den Bruchteil einer Sekunde.

Ich kann einen andern Vers auswendig, der den beiden sogar besser als mein erster gefiel: »Siehe, Er traut seinen Knechten nicht und Seine Engel zeiht Er der Torheit.« Ein schwaches Lächeln kam über ihre Lippen, ein Lächeln der Ergebenheit, wenn auch nicht ganz ohne Abscheu vor der Grausamkeit eines Gottes, der jene, die ihn lieben, oft am meisten straft. Dann geschah ein Wunder. Entweder haben wir's den Gebeten oder tatsächlich der technischen Überlegenheit der alten Dakota zu danken. Das Flugzeug machte eine perfekte Landung. Anhaltender Beifall. Tränen. Nervöses Lachen. »Unsere Stunde hat noch nicht geschlagen«, verkündete Bruder John. Eine naheliegende Bemerkung. Die gesamte Feuerwehr Reykjaviks mit ihren zwanzig Fahrzeugen, ein Regiment Polizisten und vier Krankenwagen standen Spalier, eine Ehrengarde.

Der Empfang in der Ankunftshalle war überwältigend. Polizeipräsident, der Bürgermeister und die Stadträte sowie der Verkehrsminister begrüßten uns. Das Bodenpersonal der Iceland Airlines reichte den weiblichen Passagieren kleine Bouquets roter Rosen, wir Männer bekamen Fläschchen mit Eau de Cologne After-Shave, Kinder erhielten Spielzeug, Buntstifte und Süßigkeiten. Schmetternde Musik. Donnernder Applaus. Anschließend endlos lange Reden in einem Deutsch und Englisch, von dem keiner ein Wort verstand. Hände wurden geschüttelt. Telefonnummern ausgetauscht. Das Taxi zum Hotel ging auf Rechnung der Iceland Airlines.

Mein Hotel, das Siguurd Gudmundsen, wird von seinen Stammgästen »Siggy« genannt. Es wurde 1812 erbaut und an dem Tage, an dem Napoleon auf Elba eintreffen sollte, eröffnet.

Der Kaiser hat Island nie besucht, obwohl man das Hotel eigens für seinen Besuch errichtet hat. Es läßt sich sowohl mit den Vier Jahreszeiten als auch mit dem Ritz und mit Claridges, mit dem Pierre und dem Connaught nur vorteilhaft vergleichen. Die Möbel Empire und Biedermeier, die goldgerahmten Täfelungen in sanftem Gelb und mattem Weiß, die hohen Plafonds von schwebenden Nymphen, fröhlichen Frauen und dicken Engelchen gekrönt, die Vorhänge, Tapeten, Teppiche und Blumenarrangements, bis zum polierten Kupfer der Spucknäpfe, zeugt von skandinavisch-aristokratischer Sorgfalt, von melancholischer Eleganz und raffiniertem Geschmack, übt kurzum eine milde Zauberkraft aus, die alle Todesängste (jedenfalls meine) im Nu verfliegen läßt.

Ich legte mich in die Badewanne und hatte zunächst den Eindruck, vor Angst längst gestorben zu sein, so leblos sah ich mich unter dem Packeis am Meeresboden in ewiger Finsternis begraben. Und plötzlich, nach einem Blick in den Spiegel, stehe ich wieder auf beiden Füßen auf einem dicken Astrachan und weiß, ich bin von den Toten auferstanden – und das Minuten vor meiner Begegnung mit dem Messias! Das sind Wunder! Ich bestellte sofort Champagner und Kaviar beim Room-Service und grinste übers ganze Gesicht, wie nur noch Neugeborene grinsen können, noch etwas schwindlig vor Angst und hungrig! Sekunden später wird dreimal an die Tür geklopft. Ein Schlüssel im Schloß. Jemand versucht aufzusperren. Einen Moment bin ich wieder starr vor Angst, dann drücke ich ein Auge ans Guckloch.

Könnte nicht sagen, daß ich mich körperlich von ihm bedroht fühlte. Ich beobachtete ihn aber die ganze Zeit mit Vorsicht und Zurückhaltung, wie man eine Stechfliege im Auge behält. Zunächst einmal kam er mir bekannt vor. Er war etwas »ausländisch« angezogen; ich kann's nicht anders beschreiben. Ich sah ihn jetzt voll an und war ehrlich gesagt verblüfft, erstaunt und erschrocken. Hier stand ein Fremder vor mir, den ich noch nie im Leben gesehen hatte, und trotzdem kannte ich ihn nur allzugut. Was ich dir hier erzähle, lieber Bruder, wenn es auch noch so unglaublich klingt, mußt du mir einfach glauben. Er sah mir, bis auf seine etwas dünnere Nase, vollkommen ähnlich! Er hatte einen kühnen Blick in seinen auffallenden blauen Augen. Meine Augen! Das buschige Haar links gescheitelt. Mein Haar! Graubraun meliert. Genau die gleiche Farbe, genau die gleiche Frisur. Seine Oberlippe war ebenso dünn wie meine Oberlippe, die Unterlippe vielleicht etwas voller. Die Ohren, genau wie meine, hatten lange, locker hängende Ohrläppchen. Sein Hals – fest, kurz und kräftig – war genau wie meiner, der Oberkörper vielleicht ein ganz wenig schmaler als meiner, aber ebenso muskulös. Ein Stier im besten Alter. Sogar wie er dastand, ein wenig zurückgelehnt, um den Bauch im Gleichgewicht zu halten, ich hätte geschworen, er macht's mir nach. Plötzlich fiel mir sein Name ein, und ich sah auf seine Hände. Die Finger waren wie bei einem Affen lang und knochig und dreigelenkig. Meine Hände Gott sei Dank nicht. Er starrte mich natürlich auch an.

Ein Lehrer, der seinem klügsten, aber schwierigsten Schüler einen kurzen Blick zuwirft.

Sobald er den Mund aufmachte, atmete ich erleichtert auf. Ich hatte bereits befürchtet, unsere Stimmen könnten ebenso identisch sein. Zum Glück war das nicht der Fall. Der Satzbau war flämisch und abgehackt, die Stimme selber klang osteuropäisch und weich.

»Ich drehe gerne Schlüssel in fremden Schlössern um. Mein Humor. Ich liebe es, Leute zu erschrecken. Erschrecke ich andere, habe ich selbst keine Angst. Wie soll man das erklären?« Er hatte sich mit diesen wenigen Worten verraten. Ich konnte beruhigt sein. Dieser Elim Ffinger war eindeutig jemand, der sich weder mit einem schlichten »Verrückt« oder »Wahnsinnig« beschreiben läßt, als ein »Fall«, mir allerdings ebenso vertraut wie sein Gesicht. Nach der ersten Flasche Moët Chandon (ich war leider ziemlich betrunken) nahm ich kein Blatt mehr vor den Mund und sagte ihm ins Gesicht: Ich hätte auf meiner Insel bleiben sollen, es wäre vernünftiger gewesen, statt die halbe Welt zu bereisen, und das unter Todesgefahr, und wozu? Nur um bestenfalls einen zukünftigen Teilhaber, im schlimmsten dem eigenen Doppelgänger zu begegnen! Ein Doppelgänger, der wahrscheinlich noch verrückter ist, als er sich anhört! Er lachte laut auf und gab mir seine Visitenkarte.

ELIM FFINGER

INTERNATIONALE GESELLSCHAFT KOMMENDER ERLÖSER

PRÄSIDENT

Ohne daß er sich auch nur einen Augenblick unterbrechen ließ, legte er sofort los. Es sei ihm ganz klar, daß ich als Spion auf ihn »angesetzt« wäre. Das sei er gewöhnt, und es mache ihm weiter nichts aus. Er stoße fortwährend auf Agenten des KGB, des CIA, des Mossad, des französischen Geheimdienstes, der belgischen Sécurité Nationale usw. usw.

Er sei ganz sicher, was man von ihm wolle, und er wisse genau, mit wem er es jeweils zu tun habe. Er sei »jedem« bekannt. Er, Elim, arbeite für den allerhöchsten Geheimdienst, diene dem Göttlichen Willen, gewöhnlich selbstlos und aus vollem Herzen.

»Ein kleiner Fehler und Er beruft mich ab. Mein Chef kennt weder Gnade noch Nachsicht.«

Na, meinetwegen. Ich saß warm und zufrieden in meiner eleganten Suite, nicht weit vom Nordpol. Auf Knopfdruck wurden Toast und Kaviar, Hering, Wodka und Champagner oder was immer serviert, von einem ruhigen, ernst dreinblickenden marokkanischen Zimmerkellner, und hier traf ich zum erstenmal im Leben einen kommenden Erlöser, von dem man sicher manches lernen konnte. Unerwartet zitierte Ffinger meinen Lieblingsphilosophen, Edgar Wind: »Weil der Eine, der über Allem steht, ewig unsichtbar bleibt, sind Seine sichtbaren Zeugnisse zahllos. Poetische Vielfalt verbindet alles zu dem Einen, und deshalb benutzen die Platoniker endlose Metaphern.«

Wollte er damit sagen, daß er eigentlich an eine Vielzahl von Göttern glaubt, was sein Vorname Elim ja besagt? Oder hält er sich selber für Gott und gibt nur vor, in Seinen Diensten zu stehen?

Statt mir eine klare Antwort zu geben, murmelte er etwas über den Gott Pan, »der sich offensichtlich hinter Prometheus versteckt, und auf diese hinterlistige Weise wird alles Einzigartige vom Vulgären durchdrungen«.

Die weißen Nächte von Island haben begonnen. In wenigen Wochen wird hier die Nacht zum Tage. Die Sonne bleibt dann am Himmel und geht nicht unter. Halb vier Uhr früh, und die Vögel, besonders die Tauben, beginnen lärmend ihren Tag. Aus dem Schlafengehen würde ohnehin nichts mehr werden. »Vielleicht werde ich nie wieder einschlafen«, ging es mir durch den Kopf. »Das Ganze ist sowieso ein Traum.« So kam's mir vor. Er blieb sitzen, wollte mir noch etwas sagen, hielt mit etwas zurück. Ich war inzwischen längst überzeugt, daß er mir nichts Neues erzählen würde, heute gewiß nicht mehr, dafür war es zu spät. Ihm meine Maschine zu erläutern, war jetzt völlig sinnlos, das war mir sofort klar, aber erschöpft und betrunken wie ich war, war ich bereit, nein, ich war es ihm schuldig, ihn anzuhören. Er hatte das Recht, zu reden, bis einer von uns beiden unterm Tisch endete.

»Ehrlich gesagt«, sagte er mit schwerer Zunge, »nur Impotente wollen die Welt beherrschen! Impotent. Das bin ich. Zugegeben. Ich habe, entschuldigen Sie bitte den Ausdruck, meine Frau nur ein einziges Mal gefickt: Das war in unserer Hochzeitsnacht. Einmal und nie wieder. Ich kann's nicht. Es geht einfach nicht. Sie ist unwahrscheinlich häßlich. Darf ich Ihnen ein Foto zeigen?«

Er nahm ein Foto aus der Brieftasche und zeigte mir das Bild einer sanftmütig dreinblickenden, dunkelhaarigen Frau, die weder besonders hübsch noch besonders häßlich aussah. Ein Gesicht ohne Ausdruck. Die dunklen Augen etwas leblos, die Haut etwas blaß.

»Haben Sie je so etwas Häßliches gesehen? So was gibt's nicht noch einmal, habe ich recht?«

»Ich habe Häßlicheres gesehen.« Ich fand sie wirklich

weder schön noch häßlich. Sie sah einfach wie viele Leute aus. Ein Gesicht, das man sieht und sofort vergißt.

»Sieht ganz normal aus, wie die meisten Leute.«

»Ja, Sie haben leicht reden, Sie brauchen ja nicht mit ihr zu schlafen. Ich sag's Ihnen noch einmal...«, und er wiederholte: »Nur Impotenz treibt mich dazu, der Erlöser zu werden. Wahre Macht bedarf keiner Zukunft. Sie ist. Existiert oder existiert nicht. Konkrete Realität – das ist Macht. Das Jetzt. Warum müssen wir Juden auf einen Messias warten, warum akzeptieren wir nicht Christus? Weil wir nie glauben, woran die Massen glauben. Die ›Masse‹ ist eine nichtjüdische Idee. Wir glauben aber nur an das, was die wenigen, nicht an das, was die meisten glauben. Wir glauben an die Macht der Schmächtigen, die Macht der Minorität, die Macht der Schwachen. Wie kann unsereiner Messias werden? Was haben die Gojim aus Jesus und Marx gemacht? Kein Jude macht sich einen Gott aus einem Rabbi oder Professor! Wer Erlöser der ganzen Menschheit wird, muß früher oder später sein Judentum aufgeben, und folglich bin ich eigentlich nicht Jude.«

Zu dieser späten Stunde konnte er sich mit mir alles erlauben. »Angenommen«, sagte ich, »Sie wären nicht impotent. Vielleicht sind Sie ein Zwitter? Eine Frau mit männlichen Geschlechtsteilen? Nur um das Thema zu wechseln. Sie reden ja was daher! Wie soll man ihren Erlöserehrgeiz ernst nehmen? Entweder Sie sind Jude oder nicht.«

»Das läßt sich leider nicht mit einem einfachen Ja oder Nein beantworten. Eine Frau aber bin ich auf keinen Fall, soweit ich's beurteilen kann. Jetzt aber genug über meine Person. Was sagt Edgar Wind über den namenlosen Gott?

›Der göttliche Name ist mannigfach und kann sich unendlich vervielfältigen. Jeder einzelne Name verhält sich zum Namenlosen, wie das Endliche zum Unendlichen.‹«

Plötzlich stand er auf und wollte gehen.

»Morgen fahren wir aufs Land und werden genügend Zeit haben, unser Gespräch fortzusetzen. Gute Nacht.«

Auf einmal war er weg. Ich konnte die ganze Nacht – oder was davon übrig war – kein Auge zumachen, wälzte mich hin und her. Sobald ich die Augen schloß, sah ich mich selbst und wie ich mit seiner Stimme zu mir selber redete. Es war wirklich ganz merkwürdig, schwöre ich dir. Sehr unheimlich sogar.

Montag abend

Um elf trafen wir uns unten beim Frühstück. Bei Tageslicht sah er ganz normal und angenehm aus und mir noch ähnlicher. Aber vielleicht war ich bereits daran gewöhnt, mich in ihm zu erkennen.

Kaum nannte ich das Wort Erfinder, sagte er, er selber arbeite auch an einer Art Erfindung und würde mir bald sein Modell vorführen. Drei oder vier Stunden von Reykjavik entfernt. Er hat es unterirdisch versteckt, und es wird von einem alten Ehepaar bewacht! Das ist ein Spinner!

Auf dem Fenstersims saß eine Möwe und sah uns beiden mit Haß und Abscheu beim Essen zu. Der gleiche Ausdruck, der gleiche Blick wie Bruder John, als er auf die geschnitzte Figur seines Heilands in seiner Linken sah.

Ffinger beim Essen zuzusehen, ist kein Vergnügen. Er

ißt nur mit den Fingern. (Daher sein Name? Ich weiß es nicht.) Mit diesem Menschen soll ich wegfahren!

Eine höchst ungemütliche Idee. Bitte bleibe in Verbindung. Schreibe mir! Wenn du nicht bald von mir hörst, mach dir Sorgen. Zu Recht. Hier kann noch so manches passieren, fürchte ich.

Herzlichen Gruß,
M.

Brief von Boris Borovsky an seinen Bruder Emmanuel

The Lodge
Bishop's Avenue
London, 25. April

Lieber mit einem Verrückten am Nordpol als noch einen Tag länger mit meiner sibirischen Hexe. Vielleicht liegt es am Gadogado, einer tibetanischen Kur gegen Unfruchtbarkeit, von tibetanischen Mönchen aus den Eierstöcken tibetanischer Schafe zubereitet. Eine übelriechende Medizin, natürlich aus der Schweiz, und die Packung ist vom Leibarzt des Dalai Lama eigenhändig auf tibetanisch unterschrieben. Ein Wundermittel! Mich wundert nur, daß sie es so lange überlebt hat. Statt drei Tage – wie normal – menstruiert die Arme schon seit drei Wochen. Es hat sie noch hysterischer gemacht, als sie ohnehin schon war. Jetzt ist sie mit den Nerven ganz fertig. Von sexuellen Freuden ist bei uns längst keine Rede mehr. Weggesickert wie übelriechendes Blut. Kein Wunder!

Sobald wir allein sind, schimpft sie wie ein Kutscher oder döst ein. Ab und zu wacht sie auf, um mich anzubrüllen: »Und trotzdem liebe ich dich, du Lump!«, oder ähnliches. Einen Augenblick später will sie mich mit dem Brotmesser erstechen und sich danach die Pulsadern durchschneiden. Oder sie kriegt einen Eifersuchtsanfall und wirft mir vor, ich hätte wie ein geiler Bock auf den Hintern der Putzfrau geschaut, als die gestern auf der Leiter stand und mein Bücherregal abstaubte.

Will ich weggehen, warnt sie mich: »Paß nur auf, wenn du nach Hause kommst, bin ich eine Leiche!«

Schließ ich ich mich in meiner Bibliothek ein, schreit sie »Kinderschänder! Hurentreiber! Wichser!« durch die Tür. Sag' ich ihr, sie soll endlich den Mund halten, dreht sie sämtliche Radios und Fernseher an. Natürlich auf volle Lautstärke. Und dann kracht eine Tür nach der andern zu. Anschließend kommt es meistens zu einem regelrechten Ringkampf zwischen uns. Ich bin zwar noch nicht in Form, aber so langsam wird es. Sie trägt jetzt nur noch Turnklamotten und Overalls. Mir wird auch nichts anderes übrigbleiben.

So eine Cholera! Wie wird man die Frau wieder los? Wie? frage ich dich! Denn ich liebe sie mehr als je. Das ist ja der Wahnsinn. Ich bin verflucht. Früher, wie du weißt, habe ich immer geglaubt, du wärst der Verrückte, ein Walter Mitty, ein Baron von Münchhausen, der seine irren Phantasien auslebt. Du warst für mich der Bruder Leichtfuß, ein verantwortungsloser Geselle. Aber nun bin ich mir nicht mehr so sicher, wer von uns beiden der wirkliche Narr ist.

Alles Symptome einer schweren Krise. Meine latente Schizophrenie rührt sich. Blutdruck und Herz sind weiter normal. Wie lange ich den Dämon noch ertragen kann, steht noch nicht fest.

London wimmelt geradezu von schönen, gebildeten, vernünftigen Frauen im reifen Alter, die Männer wie mich, gesund und finanziell unabhängig, zu schätzen wissen. Und warum finde ich keine für mich und schicke Oksana zum Teufel?

Weil ich ein Feigling bin. Ein Feigling ist jemand, der meint, es wäre heldenhaft, Abscheuliches gelassen hinzunehmen und Unerträgliches herzhaft zu ertragen. Ich lasse sie auf mir herumtrampeln, und nur Gott weiß, warum. Früher, in jüngeren Jahren, war ich als Sadist bekannt. Mein Spitzname war »Killer«, wie du weißt, denn du Armer hast mehr als jeder andere unter meinen Schlägen gelitten, und noch heute tust du mir leid, wenn ich dran denke, wie jähzornig ich früher war. Jetzt aber benehme ich mich wie Herr Sacher-Masoch persönlich und lasse mir alles gefallen.

So werden wilde Löwen zu zahnlosen Lämmchen – Mut und Feigheit sind nicht mehr dasselbe wie früher.

Aber ich habe es mir selber eingebrockt. Ich habe sie auf einer Party kennengelernt und mitgenommen. Die ersten drei Tage ließ ich sie nicht aus den Augen, bewachte sie wie einen Schatz, wie ein Wolf seine Beute. Hätte sie vor lauter Lust und Geilheit fast umgebracht. Jetzt hat sie sich davon erholt, und ich werde immer schwächer, und was ich am meisten fürchte, trifft ein: Ich verliere langsam meinen Spaß am Leben, meinen Humor. Mit zunehmendem Alter wird es täglich dunkler um mich herum. Das Reife wird überreif, und bald fällt es ab. Wie schnell das geht.

Herzlichst,
dein B.

Brief des Emmanuel Borovsky an seinen Bruder Boris

Hotel Kempinski
Kurfürstendamm
Berlin, 2. Mai

Seit meinem letzten Brief ist so viel passiert, daß ich kaum weiß, wo ich anfangen soll. Am besten fange ich an mit dem 17. April, einem Dienstag, als wir das Hotel in Reykjavik in einem gemieteten Volvo verließen.

Hinter Droningenhuset, Boonervikken und Leifsted hörte der Verkehr auf. Es schien fast, als wären wir nicht nur das einzige Auto auf dieser Straße, sondern das einzige in der weiten Welt. Die Leere war erstaunlich, wo man auch hinblickte, eine Landschaft aus Vulkanen, sprudelnden, dampfenden Quellen. Der Boden dunkle Lava, grau und schwarz. Hie und da etwas Grün. Verstreute Schafe. Das Vakuum. Die Leere. Das Nichts. Endlich sah ich, wie das Nichts aussieht. Wir fuhren in nördlicher Richtung, soviel war klar. Unerwartet Bäume, Zweige, wie warnende Finger. Wohin geht es? Wohin führt die Straße?

Wo hört sie auf? Zu beiden Straßenseiten Tümpel, Moor, Sumpf und kleine Seen, wie riesige Schwimmbekken in Vulkangestein eingemauert. Kein Hauch. Die Luft angenehm milde und feucht. Hie und da leuchtete ein Streifen der Landschaft in der Sonne. Ein schöner Tag. Es roch nach Frühling. Ich sah Kraniche, Königsreiher, Nebelkrähen, kleine, braune, gefleckte Möwen und eine seltene Gattung fliegender Pinguine, die man nur noch hier oder auf den Galapagos findet.

Es war zwei Uhr, und wir waren seit Stunden unterwegs, ohne ein einziges Wort zu wechseln. Auf der Kuppe einer Anhöhe stiegen wir kurz aus, um die Beine zu strekken. Wohin man auch sah, Perspektiven der Unendlichkeit in Hellbraun, Graublau, Gold, Weiß und Gelb, Rostbraun und Kobaltblau. Ein abstraktes Stilleben in milder Frühlingsluft.

Weit, weit weg eine Hütte an einem See, unser Reiseziel. Unheimlich weit entfernt und wahrscheinlich um vieles unheimlicher, wenn man's erreicht. Das jedenfalls war mein erster Eindruck.

Wir fuhren stundenlang weiter durch diese Öde. Selbst das Gras und die Heide hatten aufgehört. Nur noch Himmel und Wasser, Bodenwellen und fast gerade Linien. Abstrakte Wirklichkeit? Wie soll man es nennen? Elim kannte den Weg natürlich, Verkehr gab's keinen, er starrte einfach vor sich hin. Auf der Straße gab's nichts zu sehen. Auf einmal eine seltsame Gestalt. Am nordöstlichen Horizont ein Reiter zu Pferde. Wir sahen ihn beide gleichzeitig. Ein kurzer Moment, keine Sekunde lang, und der Reiter war verschwunden. Was sollte das wiederum bedeuten?

Etwas Neues zum Grübeln.

Ich weiß nicht, woran du denkst, wenn du stundenlang im Auto sitzt. Ich beschäftige mich mit dem Ursprung gewisser Wörter.

Was wir zuletzt sahen, nennt man auch ein *Phänomen*. Ein Phänomen ist etwas sinnlich Wahrnehmbares, also eine Erscheinung. Das Wort Phänomen stammt vom Griechischen *phaos*, also Licht (auf lateinisch *focus*). Damit verwandt sind die Wörter *Phantom* und *Phantasie* wie auch *Hierophant*. Ein Hierophant ist jemand, der uns die heiligen Mysterien enthüllt.

Und plötzlich war mir alles klar.

Ich kam nach Island aus geschäftlichen Gründen, um Geld für meine Erfindung zu finden. Statt dessen begegne ich einem seltsamen Meister, der mich schweigend unterrichtet oder unerwartet überraschende Dinge von sich gibt: »Identität ist das eigenartige Bedürfnis nach bewußter Existenz. Ohne Identität besteht kein Ding an sich und ist trotzdem ein Paradoxon. Weil jede Persönlichkeit auch ohne selbstbewußte Identität existieren kann. Vielleicht haben Sie eine Lösung für folgendes Rätsel. Man könnte zum Beispiel annehmen, es gäbe Eigenschaften, die an keine Substanz gebunden sind. Sie können sich vielleicht ein Leben nach dem Tod vorstellen! Wer weiß? Logisch wäre es nicht, aber deshalb noch keineswegs undenkbar oder unmöglich. Der Körper stirbt, die Seele lebt weiter. Daß wir die Toten sehen und hören können, ist klar. Aber ist das auch umgekehrt der Fall? Können die Toten uns hören und sehen?«

»Könnten wir nicht das Thema wechseln? Erzählen Sie mir was über isländische Heringe und Kartoffeln. Reden wir lieber nicht über Tote. Mir graut's schon genug hier.«

Aber er ließ sich natürlich nicht ablenken.

»Oft wird uns das Bild eines verstorbenen Menschen deutlicher, als es zu seinen Lebzeiten war. Etwas Essentielles bleibt fortbestehen, mehr als nur eine einfache Erinnerung. Ja, manchmal werden Gesicht und Stimme sogar deutlicher, wenn sie vom Körper getrennt, also entkörperlicht sind. Der Tod ist auch unsere Zukunft, das ist klar. Aber was dann? Sehen und hören wir später die uns

Überlebenden besser? Sie haben keine Antwort? Haben Sie je etwas über das Katteman-Syndrom gehört? Der große Abraham Katteman, Professor an der Universität von Utrecht am Ende der dreißiger Jahre, beschrieb den überaus interessanten Fall eines gewissen Tinus van der Bril, eines einfachen Landarbeiters, der von seiner Frau jahrelang ignoriert wurde. Sie sprach kein Wort zu ihm und sah ihn nie an. Er hat sich revanchiert, indem er sich über sie lustig machte. Er nannte sie ganz einfach eine fette Sau. Die Frau beging Selbstmord. Und was geschah?

Nach ihrem Tod, an dem er sich zu Recht schuldig fühlte, meinte er plötzlich, sie würde sich mit ihm fortwährend unterhalten. Nun war er immerhin jemand, der nicht länger übersehen wurde. Er entdeckte seine Identität, fand sogar eine gewisse Selbstachtung. Durch die Schuld am Tode seiner Frau fand er sein ›Selbst‹. Übrigens lebt van der Bril noch (Katteman ist im Krieg leider umgekommen). Er züchtet jetzt Tauben in der Nähe von Utrecht und nennt sie alle Emma, nach der verstorbenen Gattin.

Ein interessanter Fall. Um seine Selbstwürde, sein Ego zu finden, begeht einer fast einen Mord. Kein Wunder, daß sich Gattenmord kaum bestrafen läßt. Der Mord aus Eifersucht, den die Franzosen *crime passionel*, Mord aus Leidenschaft, nennen, ist juristisch kaum zu bewerten. Man hat sich selbst verurteilt. Das Verbrechen an sich ist bereits Strafe, und ob man diese hinter Gittern oder zu Hause verbüßt, ist völlig egal.

Deshalb enden auch so viele Gattenmörder durch Selbstmord. Natürlich! Was bleibt ihnen anderes übrig? Dem Staat ist es gleich, ob sich ein Gattenmörder umbringt. Der Staat überläßt den Mörder seinen eigenen stümperhaften Versuchen, sich des Lebens zu berauben. Billiger als der Henker. Ja, dieses Katteman-Syndrom ist nicht sehr lustig, wenn man wie ich dran leidet.«

Du kannst dir vorstellen, lieber Boris, was man mitmacht, wenn man sich so etwas anhören muß!

So wie es im Leben Augenblicke gibt, in denen alles unsinnig und ohne jeden Zusammenhang erscheint, erfährt man zuweilen auch das genaue Gegenteil, plötzlich wird alles klar und haarscharf. Und wie wir so dahinfahren, bemerke ich auf seiner Stirn und den Handgelenken Narben, eindeutige Zeichen von Selbstmordversuchen, die danebengingen. Plötzlich wird alles klar. Die leblosen Augen seiner Frau, der Hinweis, er hätte nur einmal mit ihr geschlafen. Er hat sie natürlich nach der Hochzeitsnacht entweder erwürgt oder in der Badewanne ertränkt! Möglicherweise hat er mehr Leute als nur die eigene Frau umgebracht. Aber aus dem Auto springen und zu Fuß zurückgehen, das ging nicht. Mein erster Eindruck hatte sich also bestätigt. Der Kerl ist gefährlicher als eine Stechfliege, gefährlicher als eine Tarantel. Weiß Irving, weiß Armin, wer dieser Messias aus Antwerpen, den ich unbedingt treffen mußte, wirklich ist? Was ich jetzt von ihm weiß, können sie unmöglich wissen. Und was weiß ich schon? Das sind alles nur Vermutungen. Angst oder keine Angst. Mitten in der Fahrt auszusteigen war nicht möglich. Also sagte ich mir: Komme, was kommen mag. Noch hatte er ja nicht zugegeben, seine Frau umgebracht zu haben. Und außerdem: Mörder gibt es überall. Man sitzt neben ihnen im Kino oder Flugzeug, begegnet ihnen im Autobus, im Fahrstuhl oder im Restaurant. »Die Mörder sind unter uns«, ist keine Schlagzeile mehr. Wir, die wir uns während und kurz nach dem Krieg in Deutschland und Österreich und Polen aufhielten, als sich Mörder, Folterer und allerhand Sadisten die Uniform wie eine Schlangenhaut abstreiften, lassen uns nicht so leicht erschüttern. Ich schon gar nicht. Außerdem war alles nur Vermutung. Warum sollte es keine reichen, verrückten, verschrobenen Leute geben, die den Erlöser spielen wollen. Noch Verrücktere haben es weiter gebracht. Der Gedanke hat mich einigermaßen beruhigt.

Der Wagen hielt. Wir waren angelangt. Von hier aus ging's nur noch im Motorboot weiter, am Seeufer entlang. Der See war durch einen engen Streifen Lava vom Meer getrennt. Das kleine Boot mit Außenbordmotor lag an einem hölzernen Steg vertaut. Bis zum Chalet am entfernten westlichen Ufer waren es knapp fünfzehn Minuten.

Gretta und Gunnar, von Gicht gebeugt und hohem Alter eingeschrumpft, aber mit gesunden roten Backen, hießen uns mit vielerlei Gesten herzlichst willkommen. Wie ein uraltes Gnomenpärchen liefen sie um uns herum, grunzten und schnarrten vor Freude. Erst zogen sie uns die Schuhe aus, dann die Kleider, stellten uns sogar vorgewärmte Holzpantoffeln hin und gaben uns Bademäntel und Handtücher. Das Haus war blitzsauber. Es roch nach wunderbaren, frisch zubereiteten Speisen. Eiskalter Aquavit, Bier, Heringbissen auf Roggenbrot. Skandinavische Tradition der Begrüßung. Wir riefen ein dutzendmal Skol und Prost und gingen zur Sauna am Seeufer.

Nach sechs Stunden im Auto endlich wieder festen Boden unter den Füßen. Als wären wir eben mit dem Flugzeug gelandet. Man ist geborgen, man atmet auf.

Man atmet Ruhe, reine Luft, nördliches Schweigen. Jeder Atemzug ist Frieden und Stille.

Die Hütte bestand aus zwei Saunen, zwei kleinen Kabinen, die eine überhitzt, die andere lauwarm. Wozu gleich zwei Saunen in dieser Öde?

Ich kam bald dahinter. In der lauwarmen Kabine gab es einen Schaft. In der Mitte des Schafts stand ein Kasten aus rostfreiem Stahl, 1,80 m hoch, 1,20 m breit. Diesem Stahlkasten waren sichtbar einige Rillen eingeätzt. Elim strich mit der Hand darüber, die Finger eines Affen mit langen ungeschnittenen Nägeln, betasteten den Stahl. Er schien zufrieden.

»Erst Sauna, dann essen. Wenn die Alten schlafen, kommen wir hierher zurück. Dann können Sie sich mein Baby genauer und in aller Ruhe ansehen.«

»Wie Sie wünschen.«

Auf dem Rückweg ins Haus dachte ich wieder an seine Finger. Mit solchen Fingern darf man sich zu Recht mit Doppel-»f« schreiben. Besseres fiel mir nicht ein.

Wie aufgezogenes Spielzeug brachten uns Gunnar und Gretta einen Teller nach dem andern. Wir konnten reden, was wir wollten, denn beide sind taubstumm geboren. Ihre Augen sprachen, strahlten vor Freude. Ihrem Herrn und seinem Gast zu dienen, war für sie ein seltenes, ein allzu seltenes Ereignis. Das Essen war fabelhaft, das konnten sie mir von den Augen ablesen. Sie grinsten und schmunzelten und verbeugten sich öfters. Ein Zeichen, daß wir uns ohne Worte verstanden.

Was jetzt kommt, lieber Boris, ist tatsächlich schwer zu glauben, ich selbst kann es nicht fassen und werde es wahrscheinlich nie begreifen. Folgendes geschah: Noch während sich Elim mit der Serviette die Mundwinkel abwischte und seinen Teller wegschob, bemerkte er wie nebenbei: »Das Paradigma der Holographie lehrt uns: Realität ist eine Illusion. Und ich liebe nun mal Illusionen. Schein trügt nicht, Schein ist Wirklichkeit.«

Na ja.

Dann sagte er etwas zu Gunnar in der Taubstummensprache, und eine Minute später brachte Gunnar einen Rasierspiegel. Elim reichte mir den Spiegel und sagte mit tiefer Stimme:

»Schau dich im Spiegel an!« (Auf einmal waren wir per du.)

»Du siehst dich selbst nur, weil du glaubst, du würdest dich erkennen. Gott hat den Menschen nach seinem Ebenbild erschaffen. Willst du sehen, wie sein Ebenbild aussieht?«

Ob's der Aquavit oder die hypnotische Stimme war, ich weiß es nicht. Aber statt mich selber, sah ich ihn im Spiegel. Natürlich, wir sehen uns ähnlich, wie schon erwähnt, aber das war nicht ich im Spiegel. Keineswegs. Es war ganz eindeutig er, Elim Ffinger, den ich anblickte. Verhext!

»Das ist Zauber, nicht? Habe den Spiegel einem Zauberer abgekauft. Einem gewissen Max Jablonski. Mit Hilfe dieses Spiegels hat er sich aus Auschwitz gezaubert. Hat er behauptet. Wie? Weiß Gott. Ich habe ihn nie gefragt. So was kann man nicht fragen. Kurz nach dem Krieg kam er nach Antwerpen, wollte nach Venezuela emigrieren und brauchte Geld für die Schiffsreise. Er hat ihn mir vorgeführt. Jedesmal, wenn ich in den Spiegel schaute, schaute Max Jablonski zurück. Aber dieser Spiegel kann noch viel mehr Kunststücke!«

Er drehte etwas am Griff und reichte ihn mir. Und auf einmal tauchte in diesem Spiegel das Gesicht seiner Frau auf. Noch dazu ein Bild, das sich bewegte. Die Frau saß in einer Küche, las ein Buch und trank Kaffee. Elim sagte zu ihr etwas durch den Spiegel. Sie hörte ihn, hob den Kopf, lächelte und sah uns an. Was sie sagte, war nicht zu hören, aber sie verstand offensichtlich jedes Wort. Völlig benommen stotterte ich: »Da-da-das ist ja deine Frau!«

»Na und? Glaubst du, sie ist gestorben?«

(Natürlich kann einer wie er Gedanken lesen.)

»Nein, natürlich nicht, natürlich nicht.«

»Egal.« Dann redete er lange in einer Mischung aus Französisch-Holländisch und Jiddisch auf sie ein. Was er ihr sagte, läßt sich nicht wörtlich wiederholen, nur ungefähr: Er liebt sie, mehr als je, und hofft, bald daheim zu sein. Beim letzten Satz sah sie ihn überrascht an. Dann lächelte sie glücklich wie ein Kind, dem man ein Spielzeug versprochen hat. Sie winkte, ja wirklich, sie winkte und warf ihm Kußhände zu. Aus. Das Bild verblaßte. Sekunden später wurde sein Gesicht im Spiegel langsam deutlicher – wie ein Foto im Entwicklungs-Tauchbad, und für einen kurzen Augenblick sah ich auch meins.

Inzwischen haben die Trolle den Tisch abgeräumt. Die Küche sieht aus wie zuvor. In der Mitte des Tisches steht wieder die Blumenvase, an beiden Enden je ein Aschenbecher. Alles ist wie zuvor. Die beiden sind längst im Bett und schnarchen so laut, daß die Küchenfenster zittern.

Elim greift sich eine Taschenlampe, so groß wie eine Autobatterie. Wir gehen hinaus. Der Strahl der Lampe schneidet durch den grauen Abend. Es ist dunkler als erwartet. Am Horizont schimmert das Nordlicht. Eine kühle Brise riffelt das Wasser. Eine Eule kreischt, scharf wie der Pfiff eines Schiedsrichters. Warnruf an Trolle, Kobolde, Zwerge und Gnome, sich nicht zu zeigen. Achtung! Menschen! Entlang dem Ufer schleichen gebückte Zwerge, und man sieht ein, warum sie so heimlich tun. Aus dem Wasser ragen Gewehre und verursachen bunte, lautlose Explosionen.

Als wir endlich die Sauna erreichen, drückt Elim auf einen Schalter unterm schrägen Strohdach. Plötzlich sind wir von einem gespensterhaften, violettblauen Licht umgeben.

»Unsichtbares Licht. Auf fünfzig Meter Entfernung nicht mehr zu sehen«, sagt er, als wäre unsichtbares Licht die normalste Sache der Welt.

Wir gehen in die lauwarme Sauna. Elim drückt allerlei Tasten, als würde er Fliegen zerquetschen. Er ist der Herr der Fliegen. Der Teufel. Ich bin nicht überrascht. Er ist der Baal-Sebub – der Beelzebub. Bald bin ich an der Reihe, er wird mich zerdrücken, bis von mir nichts als ein Bild in seinem Zauberspiegel übrigbleibt. Es gibt Momente, lieber Bruder, wenn Spannung so unerträglich wird, daß man auch das Schlimmste nicht mehr fürchtet. Nur soll's schnell gehen. Dieser Moment war jetzt erreicht.

Ob ich mit dem Finger den Stahl berühren wolle? Ich zögerte. Den Stahl berühren? Eine Berührung – und alles geht vielleicht in die Luft. Soll ich? Soll ich nicht? Sekunden später, nur um ihm zu beweisen, daß ich mich von seiner Schwarzen Magie nicht umbringen lasse, berühre ich den Stahl. Keine Explosion. Das Resultat vielleicht noch verblüffender. Durch den Zeigefinger kam eine Stimme! Ich hörte buchstäblich durch den rechten Zeigefinger, wieso weiß ich nicht, etwas ziemlich Verrücktes. Und das nicht mit den Ohren.

»Ich glaube aus ganzem Herzen und aus ganzer Seele an den Gott Israels, an die Herrlichkeit Israels, die in der Sefirah Tifereth haust, an die Dreifaltigkeit des Glaubens, der dem einen Glauben entspringt, daß ich, Samuel Abraham Butterfeld, auch Elim Ffinger genannt, der wahre König Messias bin, gesandt, die Erde und seine Geschöpfe mit Weisheit, Gleichmut und Gnade, mit Gerechtigkeit, mit Liebe und Vernunft zu einen und zu beherrschen.«

Ich will dir die neun andern heiligen Glaubenssätze hier ersparen, die jeder Erlöser Elim zufolge ablegen muß und die hier mit Grabesstimme intoniert wurden.

Das Ganze war dermaßen absurd, lächerlich, idiotisch, so völlig verrückt, daß ich einfach lachen mußte.

Er wurde böse und hielt mir einen längeren Vortrag, wie er Tag und Nacht und sogar im Schlaf diese Worte wiederholt hätte. Wochenlang, monatelang. Fast am andern Ende der Welt hat er die Worte laut vor sich hin gesprochen, wie in den Wind, und siehe da! Über einen Abstand von dreitausend Meilen! – und ohne elektrisches Gerät! Und jedes Wort ist absolut klar und deutlich. Was ich davon halte? Um ihn zu beschwichtigen, sagte ich: »Fabelhaft, ganz fabelhaft.« Aber vielleicht habe ich es nicht überzeugend genug gesagt.

»Keine Antenne, kein Draht, nicht ein einziger Knopf. Gib zu, das ist mehr als fabelhaft! Der Behälter übrigens sieht nur aus wie rostfreier Stahl. Ist aber kein Stahl.« Er klopfte ihn ab. Es klang hohl. Jetzt fiel mir auch auf, daß es kein rechteckiges, sondern ein ovales Gebilde, ein längliches Stahlei war. Er aber bestand darauf, daß dieser Stahl kein Stahl, sondern Holz sei, Surabu heißt und aus Surabaya kommt.

Meinetwegen, na wenn schon! Warum mich trotzdem

so plötzlich die Wut ergriff, weiß ich jetzt nicht mehr, aber ich begann zu toben. »Laß mich raus! Geh zum Teufel! Raus, laß mich raus!«

Er rückte näher, starrte mich mit dem Blick des Besessenen an und schrie: »Hart wie Stahl und hört jedes Wort. Wie lange kann's noch dauern, bis auch die dicksten Schädel der Welt einsehen, daß ich der Erlöser bin?«

»Schwer zu sagen – das...« Kaum war mein Satz begonnen, ließ mich ein kurzer stechender Schmerz sofort verstummen. Ich griff mir an den Kopf, der zu zerplatzen drohte. Er grinste. Blaue und weiße Blitze von Millionen Volt schlugen auf ihn ein. Der Boden zitterte. Kalter Schweiß lief mir über den Hals und Rücken. Elim grinste nur, als hätte ich seinen Trick bewundert. Wieder zitterte der ganze Boden.

»Erdbeben sind hier ganz normal. Jedes Beben, jeder Vulkanausbruch wirft neue, fruchtbare Erde hinauf, schafft neue, magnetische Kräfte.«

Er starrte mich an. In diesem Blick des Wahnsinnigen konnte ich mich kaum länger erkennen. Ich starrte zurück, wie festgenagelt, konnte keinen Fuß rühren. Sonst wäre ich rausgerannt und in den eiskalten See gesprungen.

»Geh zum Teufel! Laß mich raus! Ich will raus! Hilfe!« Das hat geholfen. Mit einer Fußbewegung hat er wahrscheinlich den Magneten abgeschaltet. Sobald ich mich wieder bewegen konnte, lief ich sofort hinaus. Er drehte das Licht aus und ging mir nach.

Unter der Petroleumlampe in der Küche sah er wiederum völlig normal drein, hatte weder rotgrüne Augen noch waren sie mit Phosphor geschminkt. Er gab sich gemütlich und freundlich, goß uns beiden Kaffee aus der Thermosflasche ein und fand ein Paket mit dänischen Butterkeksen. Wir aßen Kekse, tranken Kaffee und sahen uns an, als wäre nichts geschehen.

Je länger ich drüber nachdenke, um so mehr bin ich davon überzeugt: für mich war es höchste Zeit, diesem Mann, meinem Doppelgänger, zu begegnen! Ihm zuzuhören genügt, und ich weiß im Nu, wie gesund und normal ich bin. Unsre Begegnung hat mich überzeugt, wie bescheiden, wie zahm mein Anliegen ist, die Welt zu erlösen. Ihm zuzuhören, deprimiert, das ist auch wahr, doch gleichzeitig war es wie eine Befreiung. Kurzum, an diesem Abend fand ich zur eigenen Vernunft zurück. Was sich aus dieser isländischen Saga lernen ließ – ich hatte es gelernt. Nun sofort packen und nichts wie weg. Plötzlich ein fast unhörbares Zwitschern. Wir sahen beide auf. Elim ging zur Tür. Ein Riesenvogel mit durchaus menschlichen Gliedern ließ einen Zettel fallen, öffnete seine Flügel, als wären es Arme, und flog weg. Der Zettel war ein Telegramm. Elim sah ernst drein. »Einpacken. Ich muß los, muß sofort zurück nach Antwerpen.«

Und das war Gott sei Dank das Ende meines Besuchs auf dem Lande. Ich stand sofort auf, begann meine Sachen zu packen. Elim verschwand Minuten später ins Badezimmer, um sich für die Rückfahrt fertigzumachen.

Taubstumme haben den sechsten Sinn. Wie Poltergeister kamen Gunnar und Gretta vom Dachboden gesaust, stellten sofort Wasser auf, schnitten Brot und legten Käse, Marmelade und Butter bereit. Wir aßen sehr schnell. Ich eilte mit dem Gepäck voraus. Elim hatte mit den beiden noch etwas zu verrechnen. Im stillen Wasser spiegelten sich Robben und Möwen und treibende Wolken. Die Ruhe, die Stille des Wassers im hohen Norden sind nicht zu beschreiben. Ich konnte kaum warten, war ungeduldig, daß Elim so lange brauchte, und gleichzeitig stieg in mir der Wunsch auf, an diesem verzauberten Ort bleiben zu dürfen. Überm Meer wurde es heller. Sekundenlang schloß ich die Augen, wie geblendet. Endlich kam der Messias, rannte aufs Boot zu. Ich ließ den Motor an, machte die Leine los, und schon schossen wir dahin.

Gunnar und Gretta, wie zwei Gartenzwerge, zwei kleine traurige Gestalten, wischten sich mit Schürze und Ärmel die Tränen aus den Augen. Wirkliche oder falsche Tränen? Was macht's? Sie winkten. Wir winkten zurück. Bald wurden sie winzige Punkte am Horizont, und Sekunden später, als hätte es sie nie gegeben, waren sie endgültig verschwunden.

Während der Rückfahrt, so schien's mir, erhob sich der Himmel in Rosa und Orange, in Purpur und Violett, und riß die Erde mit sich hinauf in die Unendlichkeit, in ein Jenseits, das keine Ängste kennt.

Während der ganzen Rückfahrt sprach keiner ein Wort. Im Hotel angekommen, nahmen wir beide den Fahrstuhl. Er aber stieg mit mir im gleichen Stockwerk aus, als wollte er noch nicht schlafen gehen, im Gegenteil, er machte Anstalten, mich auf mein Zimmer zu begleiten. Wie er so dastand, tat er mir etwas leid, aber in mein Zimmer wollte ich ihn auf keinen Fall lassen. Um ihn davon abzuhalten, beschloß ich, ihn etwas Überraschendes zu fragen. Fragt man jemanden, wenn er am wenigsten drauf gefaßt ist, nach seiner Mutter, wird er, falls er zum Reden aufgelegt ist, mit der Antwort nicht zögern.

»Meine Mutter? Meine Mutter war eine eitle, ungezähmte Frau. Sehr schön, sehr unglücklich und sehr reich. Mein Vater ließ sie an ihrem dreißigsten Geburtstag im Stich, um ein jüngeres Mädchen zu heiraten. Bald brachte meine Mutter fremde Männer heim. Ein bißchen Grammophonmusik, ein Tango, ein paar Gläser Champagner, und bald lag sie mit ihrem Liebhaber in den riesigen seidenen Kissen, die bei uns über den ganzen Salon verstreut waren. Es war ihr türkischer Salon, komplett mit Wandfackeln, Diwan und Palmen, mit Tiger- und Zebrafellen und versteckten Nischen. Ich verbarg mich gewöhnlich hinter dem roten Samtvorhang, um zu sehen, was die beiden treiben. Sobald sie sich in den Armen lagen, sprang ich aus meinem Versteck und warf mich auf sie drauf. Und das nicht einmal, sondern fast jedesmal, wenn sie einen neuen Liebhaber heimbrachte.

Sie wußte nie, wo ich war, denn ich hatte einen alten Bauchrednertrick gelernt und konnte meine Stimme aus jeder beliebigen Ecke ›werfen‹; ich beherrsche ihn heute noch. Sobald sie heimkam, rief sie immer: ›Wo bist du, mein Kind?‹ – ›Hier, Mama. Hier bin ich!‹ Sie konnte mich aber nie finden. Erst wenn sie mit ihrem Liebhaber so mitten im Küssen war, tauchte ich plötzlich auf, wie ein Spuk. Schreien und Fluchen. Der Liebhaber schleifte mich dann gewöhnlich an den Haaren aus dem Zimmer. Ich aber gab nicht auf. Noch durch die geschlossene Tür schrie ich aus allen Kräften: ›Hure! Putana!‹ und was mir sonst noch so einfiel.

Lief mir ihr Liebhaber nach, lief ich schnell weg. Rannte sie mir aber nach, dann spuckte ich sie an, und sie gab mir Ohrfeigen dafür, bis ich weinte. Sobald ich in Tränen ausbrach, fing auch sie zu weinen an, nahm mich in die Arme und küßte mich zärtlich. Nie ließ sie mich ohne

Warnung gehen: ›Nächstes Mal, merk dir das, kratz ich dir beide Augen aus, so wahr mir Gott helfe! Deine Mutter nackt sehen? Du Teufelskind! Dafür wird dich Gott schwer strafen. Und wenn Er es nicht tut, tue ich es!‹

Mit der Zeit konnte sie mir keine angst mehr machen. Schläge und Drohungen machten mir längst nichts mehr aus. Ich habe die arme Frau ständig terrorisiert. Und einmal hat sie mich wirklich fast umgebracht. Ich erzähl' dir das nur, um zu beweisen, daß auch der Erlöser eine Mutter hat, das macht ihn menschlich und leider nur allzumenschlich!«

Er drehte sich um, ging den Korridor entlang und die kurze Treppe zu seinem Stockwerk hinauf... Wie er sich so leicht am Geländer festhielt, sah ich in ihm plötzlich den einfachen Mann mittleren Alters, Hypnotiseur, Illusionist, begabter Zauberer. Ein Show-Profi, der von der Bühne abgeht und zurück in seine private Einsamkeit tritt, wenn die Show vorbei ist. Wußte er auch, daß ich ihm nachblickte? Ganz bestimmt. Ob, wie und wann wir ein Publikum beeindrucken, weiß man, weiß jeder, bewußt oder nicht. (Ich aber weiß noch immer nicht, ob er auch in mir den Doppelgänger erkannt hat.)

Meine Koffer waren gepackt, der Hausknecht unterwegs, mein Gepäck zum Taxi zu bringen. Ich sah in den Schubladen nach, ob ich nichts vergessen hätte, da klingelte das Telefon. Elim natürlich, um mir eine letzte Kostprobe seiner Telepathie zu geben.

»Sie fahren also nach Berlin. (Woher zum Teufel konnte er das wissen? Ich war sprachlos.) Mir ist ebenso bekannt, daß Sie Wertheimer treffen wollen. Ich kenne Wertheimer. Sie verschwenden Ihre Zeit mit ihm. Sie werden ja sehen. Er hat mehr Geld als ich, wird Ihnen aber keinen Pfennig geben. Er ist ein Narr, ein Geck. Denkt nur an Sex und ähnlichen Blödsinn. Sie werden es keine drei Tage bei ihm aushalten. Aber Sie hören noch von mir.« Dann hängte er auf.

Ich bezahlte, flirtete mit dem Mädchen an der Kasse, die überrascht war, mich lebend wiederzusehen. Nun, das war ich selber.

Nach Berlin ging es ebenfalls über Luxemburg. Zu meinem Erstaunen hatten wir die gleiche Crew und die gleichen vierzig deutschen Damen und ihre Reiseleiterin, Dr. Asmus, an Bord. Wir begrüßten einander wie alte Freunde, was ja zutraf. Ich erkundigte mich nach Bruder John und Schwester Agnes und hörte von Flugkapitän Strømmer: »Die beiden waren weder Geschwister noch Mönch oder Nonne und auch keine Deutschen, sondern ein berüchtigtes Paar russischer Spione. Wurden von den Isländern innerhalb zwölf Stunden gefaßt und sitzen noch immer.« Ja, warum eigentlich nicht?

Inzwischen sitze ich im Kempinski am Kurfürstendamm. Nach dem isländischen Abenteuer fühle ich mich unwahrscheinlich wohl und sicher in Berlin und bin auf Walter Wertheimer gespannt. Habe viel über ihn gehört und will mich bald wieder bei dir melden.

Herzlichst,
dein M.

Brief von Boris Borovsky an Emmanuel

The Lodge
Bishop's Avenue
London, 15. Mai

Ob es mit deiner Messias-Maschine zum besten steht, ist schwer festzustellen, aber der Länge deiner Briefe nach zu schließen, funktioniert wenigstens deine Schreibmaschine vortrefflich. Oksana, die deine Briefe mitliest, behauptet: »Wenn dein Bruder ein Erfinder ist, bin ich Margaret Thatcher. Dein Bruder fliegt halt gern herum, liebt die ausgeflippten und ausgefallenen Typen und hat scheinbar auch nichts Besseres zu tun. Was er da schreibt, ist reinste Erfindung, das läßt er sich beim Schreiben einfallen.«

Ich fürchte, Oksana hat recht. Deine Island-Geschichte, nach der du mit einem Herrn Ffinger aus Antwerpen in einer Sauna sitzt, während er dir sein Bekenntnis als Messias vorleiert, ist purer Münchhausen. Was du damit sagen willst, ist mir schleierhaft. Wahrscheinlich auch eine deiner Erfindungen. Mit psychoanalytischen Kategorien komme ich zwar auch nicht viel weiter, aber es gibt da zwei oder sogar drei deutliche Hinweise auf einen Anflug leichter Depression und Schizophrenie.

Erstens: Elim Ffinger, der selbsternannte Messias, ist ein Wunschprodukt von dir – er ist sehr verrückt, sehr reich und leidet an extremem Verfolgungswahn.

Zweitens: Du selbst wärst gerne ein Magier, einer, der

sich mit Zauberkunst sein eigenes Leben verwandelt. Ein Illusionist wie dein meschuggener Messias muß dich also tief beeindrucken.

Drittens: Du magst zwar Frauen, bist aber lieber in Gesellschaft »großartiger außerordentlicher Männer«. Mit Frauen willst du lieber nichts »Ernstes« reden. Wie so viele Narren meinst auch du, das weibliche Hirn ist unserem unterlegen. Über die beiden ersten Punkte ist weiter nichts zu sagen. Jeder Anflug von Depression und Schizophrenie, leicht oder schwer, ist heute so gang und gäbe, so normal, man kann hier kaum noch von einer Geistesstörung reden. Zum dritten Punkt aber muß ich dir sagen: Du irrst dich. Die meisten Frauen sind klüger und weiser als wir, noch von der Ungebildetsten kann unsereins was lernen, das begreift jeder intelligente Mann. Um sich davon zu überzeugen, daß es so ist, braucht man nur zu heiraten.

In der Ehe muß man natürlich etwas mehr Glück haben als ich. Ich bin leider dazu verflucht und verdammt, mit einer unfruchtbaren Amazone Tisch und Bett zu teilen. Ein Weib, das mir am liebsten den Kopf abbeißen würde.

Neulich kam ich nach einer Besprechung spät heim. Kaum in der Tür, bombardierte sie mich mit obszönen Flüchen. Nun bin ich das G.s.D. schon gewohnt und hielt wohlweislich den Mund. Das hat sie erst recht aufgebracht, und sie fing an, mich zu kratzen und zu beißen. Ich hielt tapfer den Mund.

Da hat sie mir fast die Kinnlade gebrochen. Um sie zu beschwichtigen, mußte ich hart zuschlagen. Anschließend wälzten wir uns wie Zwanzigjährige am Boden, mit zerfetzten Kleidern, fast nackt, und das eine führte zum andern, kurzum, ich wäre fast umgekommen. Und warum das ganze Theater? Weil ich mich weigere, daß sie mir einen weißen Hund ins Haus bringt, der aussieht wie eine weiße Ratte und auch noch Nixi heißt.

Wenn mir alles zuviel wird, finde ich meine Zuflucht bei Büchern. Bücher – und nur Bücher – vermögen die eigenen Gedanken zu verdrängen und lassen uns auf andere Stimmen hören. Frauen, das sogenannte Weibliche, war mir schon immer ein Geheimnis und hat mich seit ewig fasziniert.

Nach Bachofen habe ich ein klassisches Problem mit Frauen. Ich zitiere: »Es fing damit an, daß der Mann, von Psyches Schönheit betört, Kult und Tempel der Aphrodite vernachlässigt hat. Aber nur das Schöne an sich zu verehren, widerspricht dem Prinzip, das Aphrodite auch verkörpert. Auch Aphrodite ist schön, auch sie stellt Schönheit dar, ihre Schönheit aber ist nur ein Mittel zum Zweck, und dieser Zweck ist es, in uns Begierde und Lust, aber nur flüchtig, nur scheinbar, zu wecken. Ihr eigentlicher, ihr wahrer Zweck ist ihre Fruchtbarkeit. Aphrodite ist die Urmutter, Urquelle aller fünf Elemente. Wenn sich Aphrodite, wie die Babylonische Ischtar oder die Griechische Demeter in ihrem Zorn vor der Welt verbirgt, wird die Welt unfruchtbar. Wenn Ischtar ihren Mann verläßt, findet Begattung nicht mehr statt.

Der Stier besteigt nicht die Kuh, der Esel kommt nicht mehr zur Stute, der Mann nicht mehr über die Frau. Der Mann rührt sich nicht von der Stelle, und auch die Frau schläft jetzt allein ...«

Und so ist es. Letzten Endes schläft jeder allein, nicht nur in der nächsten, bereits in dieser Welt. Was nicht sagen will, daß wir getrennt schlafen, keineswegs, wir teilen uns ein Ehebett. Und trotzdem schläft jeder allein. Im Bett rühren wir uns kaum an, im Bett längst nicht mehr.

Wenn körperliche Berührung, dann nur noch auf dem Küchenfußboden, unterm Schreibtisch, im Flur oder am oberen Treppenabsatz, im Ringkampf, und zwar grundsätzlich beim Ringkampf.

Ich umarme dich, lieber Bruder, und freue mich bereits auf die nächste Fortsetzung deiner Abenteuer. Deine Probleme, ehrlich gesagt, muntern mich auf.

Herzlichst,
dein B.

Brief von Emmanuel Borovsky an seinen Bruder Boris

Hotel Kempinski
Kurfürstendamm
Berlin, 28. Mai

Montag

DIE GRÜNE SPINNE zu finden, war gar nicht leicht, aber Walter Wertheimer an seinem Stammtisch aufzustöbern, glich einer Reise durch Sodom und Gomorrha. Der Eingang zum Lokal wird von etlichen Boxern im Frack bewacht. Anschließend wird man von einem Oberkellner begrüßt, der sich Arnolda nennt, als weiblicher Vorname ebenso selten wie dieses Geschöpf mit langem schwarzen Haar, im Stil der dreißiger Jahre zur Seite gekämmt. Ein seltenes Wesen mit langem Schnurrbart wie Dali, im weißen Frackhemd mit Rüschen, Frackhosen, schwarzen Lackschuhen. Die drei oberen Knöpfe des Hemdes sind offen und zeigen große, feste, weibliche Brüste her. Das ist der Empfang.

Ich werde bereits an Walters Stammtisch erwartet, sagte Arnolda, ich möchte ihr/ihm bitte folgen, und sie ging durch das riesige, laute Lokal voran, stolz wie ein Hahn in bunten Federn. Von der Decke spreizt ein riesiger Kronleuchter seine Arme in der Gestalt einer hellgrünen Spinne. Die Wände sind mit leuchtend grünen Spiegeln getäfelt. An einem Tisch küßten sich zwei Männer über einer Torte mit Kerzen, feierten scheinbar Geburtstag. An einem andern leckten sich drei stöhnende Damen die Finger. Ein paar Schritte weiter unterhielt man sich, ob Raquel Welch vielleicht oder auf keinen Fall ein Mann sein könnte. Am gleichen Tisch hält sich ein etwa vierzigjähriger Mann den Hut vor die geöffnete Hosentür. Die Kellner, fiel mir bald auf, waren ebenso zwitterhaft wie Arnolda gekleidet, und während die Tabletts, die sie herumschleppten, wie große Feigenblätter aussahen, waren Teller, Schalen und Besteck entweder wirkliche weibliche oder männliche Geschlechtsorgane oder perfekte Imitationen. Sehr lustig.

Endlich erreichten wir Wertheimers Tisch.

»Ein Besuch, Herr Wertheimer!« verkündete Arnolda im tiefen Bariton.

Wertheimer und die Gäste sahen von ihren Gläsern auf, um mich zu prüfen. Arnolda, eifersüchtig, daß die ganze Aufmerksamkeit nun mir galt, tat so, als mache er sich das Hemd zu und berührte, als wär's zufällig, seine beiden Brustwarzen. Es war der Tischrunde anzusehen, daß diese kleine obszöne Geste hier durchaus ankam. Jeder strahlte und schmunzelte oder lachte laut auf. Überhaupt wurde hier fortwährend und laut gelacht und Kokain, Cognac und Champagner herumgereicht. In Berlin ist Walter für seine Großzügigkeit und seine Partys bekannt. Vor allem für seine »geheimen« Orgien, bei denen Senatoren, Generäle, Richter, Industriekapitäne und bekannte Künstler ihre Partner wechseln.

Walter Wertheimer war von zwei sehr jungen hübschen Mädchen flankiert, Zwillingen, kaum sechzehn Jahre alt, die mir ihre Namen zuflüsterten. Adrienne und Michelle. Rechts von Michelle saß ein fabelhaftes Geschöpf, so um die Mitte Dreißig, und sah mich aus strahlenden Augen an. Pauline Schröder, die Liebesgöttin. Sie roch süß nach Rosen und Moschus, ein Aroma, das mir sofort in die Lenden geht, reichte mir ihre Linke und entschuldigte sich. Ihre Rechte lag zwischen Michelles Schenkeln vergraben. »Bitte, bitte.« Links von Pauline saß der Witzbold des Abends. Dieser Bubikopf war blond gefärbt, trug Lippenstift, Puder und Rouge, die Fingernägel hatte er sich grün lackiert. Er war im Ballett-Trikot und hauchte: »Nicole, oder nennen Sie mich einfach Klaus: Von Beruf Maurer und Klempner, aus Berufung Mädchen für alles.« Wiederum großes Gelächter. Der aufgeschwemmte Betrunkene zu seiner Linken war sein Freund, ein gewisser Werner von Wittelsbach, der offenbar den Abend zahlte und als erster die Etiketten auf den Flaschen prüfen durfte. Ein Kellner, aufgemacht als Marylin Monroe bis auf den Hosenbeutel im Stil venezianischer Dandys des sechzehnten Jahrhunderts, stellte mir einen Stuhl zwischen Werner und Adrienne. Man sprach deutsch und englisch. Walter spricht ein amerikanisches Englisch, hat eine Wohnung in New York, eine in Phoenix, Arizona, eine weitere in Beverly Hills und eine vierte in Paris. Er sagte: »How do you do, mein Lieber, setzen Sie sich bitte, please!«

Man traf sich, wie sich herausstellte, um ein neues Filmprojekt zu besprechen und den letzten Wertheimer-Schinken im engen Kreis zu feiern, die Premiere von *Der Mann von Buxtehude*, die groteske Story einer Adligen, Traute vom Amselfeld, die 1542 zum Erzbischof von Pforzheim ernannt wird und mit gezücktem Schwert gegen mächtige Barone reitet, wobei sie natürlich ihren Zustand – im neunten Monat schwanger –, klug und kühn wie sie ist, unter dicken, purpurnen Gewändern verbirgt. Endlich gelingt es dem Mann von Buxtehude, Pforzheim von der Belagerung der protestantischen böhmischen Prinzen zu befreien, aber kaum ist die Schlacht vorbei, entbindet der Mann von Buxtehude gesunde Zwillinge vor der verblüfften Versammlung von Bischöfen, Marschällen und Höflingen, die ihre Pokale auf die erste wahre deutsche Feministin erheben. Ende.

»Was nun?« wandte sich Wertheimer an mich. »Kirche, Krieg, Frauenrecht und Mutterliebe sind vorläufig abgetan. Was bleibt uns noch?«

Soll ich im Scherz oder ernsthaft darauf eingehen, überlegte ich mir. Aber in dieser Runde kam es sowieso nicht mehr darauf an, was einer sagte, also begann ich, ohne Skrupel zu phantasieren:

»Wie wär's mit einem Film über einen lesbischen Motorradklub, der Heavenly Angels heißt? Alle lesbischen Engelchen stecken von Stiefel bis Mütze in weißem Leder, sausen los auf ihren blitzenden weißen Motorrädern und kidnappen die First Lady. Das Opfer, erst etwas zögernd, dann aus voller Überzeugung, schließt sich den Himmelsengeln an und schwört einen Eid, alle Männer, und vor allem den eigenen Mann, aus dem Weißen Haus zu jagen. Eine haarsträubende Verfolgungsjagd nach der andern endet auf dem Rasen vor dem Weißen Haus. Ein Duell zwischen der First Lady und dem Leibwächter des Präsidenten. Die gesamten Fernsehkameras der Welt sehen zu. Die Spannung ist unerträglich. Ein Scharfschütze auf dem Balkon hat sie im Visier und könnte mit einer einzigen Kugel die First Lady umlegen. Der Präsident winkt in letzter Sekunde ab. In einer Rückblende sieht er die eigene Mutter, die sich elend durchs Leben schlägt, in seiner streitbaren Gattin. Der Präsident kapituliert. Die Männer räumen das Weiße Haus. Die First Lady wird Präsidentin und Oberbefehlshaberin der Streitkräfte. Alle männlichen Chargen im Pentagon werden auf der Stelle entlassen und durch ihre Ehefrauen, Sekretärinnen und Freundinnen ersetzt.

Die Verteidigungsministerin, Frau Weinberger, führt der Frau Präsidentin das erste Modell einer weiblichen Atomrakete vor. Sieht aus wie eine Vagina. Natürlich. Eine Geheimkonferenz im Oval Office, jetzt Ovary Office. Das Modell der weiblichen neuen Bombe unter Glas soll die Admiralin der Flotte als Friedensbotschaft an die Frauen in der Sowjetunion nach Leningrad transportieren.

An Deck des Flugzeugträgers findet, ehe er mit seiner Friedensbotschaft den Heimathafen verläßt, eine letzte Parade statt. Alle hohen weiblichen Offiziere, und natürlich die Frau Präsidentin, schreiten die Ehrengarde ab. Inzwischen bereiten männliche Angestellte des CIA, die ihre Jobs verloren haben, einen Anschlag vor.

Ein ohrenbetäubender Krach. Die Bombe explodiert. Statt der gefürchteten Zerstörung aber fällt bunter, eßbarer Flitter wie Manna vom Himmel. Die Explosion hat die First Lady und ihre Damen in Uniform über Bord gefegt – Matrosen springen ins Wasser. Einer, fesch wie Burt Reynolds, zieht die sinkende First Lady an die Oberfläche, schafft sie ins Rettungsboot und bläst ihr seinen Atem ein. Wie Dornröschen im Märchen öffnet die fast Ertrunkene die Augen und küßt ihren Retter, als wär's ihr erster Kuß. Im gleichen Augenblick treffen der Präsident und sein Gefolge ein. Vor Glück strahlend, sehen er und seine Männer, daß die First Lady wieder bei Sinnen ist.

Anschließend Konfetti-Parade auf der Fifth Avenue. Hand in Hand betreten beide das Weiße Haus. Ende. Nennen wir's ›Die Engelreiter‹, und es wird ein Bombengeschäft.«

Wertheimer, dem dieser Blödsinn offensichtlich gefiel, strahlte. »Das ist genau das, was ich brauche! Genau das! Hab' ich recht?« Am Tisch wurde laut applaudiert. Wäre ja lächerlich, wenn man seinen Mann aus Buxtehude nicht mit einer modernen Fassung übertreffen könnte, dachte ich mir. Mir war eines deutlich: Wenn ich seinen Kitsch nicht übertreffen kann, hört er mir nie zu. So hat er mich für morgen zu sich nach Grunewald eingeladen.

Mittwoch

Seine langen weißen Haare verdecken den halben Rükken. Von hinten jedenfalls sieht er wie ein Shetland-Pony aus, das auf seinen Hinterbeinen steht. Von vorn sieht man nichts als die gewaltige Nase. Dieser Nase Platz zu schaffen, gab es eindeutige Narben an den Schläfen. Seine kleinen blauen Augen hielt er zugekniffen. Das Funkeln in diesen Augen eines alten Casanovas war aber kaum zu übersehen. Weiße buschige Brauen bestärkten noch den Eindruck. Sein Anzug war in Saville Row nach Maß geschnitten, die Fingernägel eindeutig manikürt. Ein Mann mit sauberen Fingern. Der Gesamteindruck: stark, kurz und kräftig wie ein Pony.

Irving Cohen hatte ihm natürlich von meinen Erfindungen erzählt, also bestand er darauf, ich soll ihm etwas erfinden, das ihn weitere hundert Jahre am Leben erhält.

Auf den ersten Blick sieht er fitter als die meisten Männer um die sechzig aus und schafft es bestimmt bis hundertvierundachtzig, auch ohne meine Erfindung. Laut Irving ist W. W. (wie man ihn nennt) ein Sportsnarr. Joggt drei Kilometer am Tag, spielt Fußball in Berlin und Baseball in New York. Im Sommer paddelt er sein Kajak durch die Colorado Rapids. Noch in diesem Frühjahr gewann er in New York den Marathon für Teilnehmer über achtzig um eine Nasenlänge (sagt Irving). Im Taunus betreibt er Hanggliding, am meisten liebt er den Tausend-Meter-Freifall beim Fallschirmspringen. All das laut Irving, der hie und da gern übertreibt.

»Wie schaffen Sie das, Herr Wertheimer?«

»Spezielle Ernährung. Ganz einfach.«

Einfach teuer.

Der rumänische Leibarzt des Aga Khan, ein gewisser Karol Stupescu, gibt ihm täglich Spritzen mit einem Serum aus der Leber junger Lamas. Zweitausend Dollar für zwei Kubikzentimeter des Wundermittels.

Aus Alaska importiert er Lebertran. Viertausend Dollar das Fläschchen.

Kein Wunder, wenn man bedenkt, daß diese Walfische in ihren Riesenaquarien mit gemahlenen Geweihen brünstiger Hirsche, mit Tonnen von rotem koreanischen Ginseng und mit Ladungen von Plankton und weiß der Teufel mit noch was gefüttert werden. »Geld fehlt ihm nicht«, sagt Irving.

Daß er zum Frühstück ein halbes befruchtetes Straußenei zusammen mit 200 Gramm Beluga verzehrt und das Ganze mit einen halben Liter Met runterspült, sah ich mit eigenen Augen, während ich an meinen zwei Scheiben Toast mit Marmelade kaute. »Meine Diät macht mich munter«, meinte er. Außerdem verschlingt er alles im Nu wie ein ausgehungerter Wolf. »Ich habe immer gehört, daß unsere Verdauung das kaum verträgt.«

»Quatsch, Unsinn. Im Gegenteil. Was schnell reingeht, kommt auch bald raus. Wenn Nahrung zu lange im Gedärme bleibt, wird sie zu Giftstoff.«

»Und trotz dieser Diät leiden Sie an Blutarmut. Kann das stimmen?«

»Der Arzt, der mir das sagte, kommt mir nicht mehr ins Haus. Um Ihnen die Wahrheit ohne alle Scham zu sagen: Finanziell könnte ich mir ein ewiges Leben leisten. Also warum es nicht zumindest probieren? Ich habe sämtliche Krisen der letzten achtzig Jahre überstanden, zwei Weltkriege überlebt. Finanziell würde ich auch jede kommende Krise überstehen. Was ist schon Geld?«

Da konnte ich nur beipflichten. Auch ich halte nichts von Geld, wie du weißt. Alles Dreck, völlig wertloser Mist. Leute wie Wertheimer reden sich ein, daß einer, der genug von diesem Kot hat, sich ewig drin wälzen kann, ja, daß er sogar einen Anspruch, eine Berechtigung auf ein ewiges Leben hätte.

»Und wie ist's mit der Langeweile, die jeden erwartet, der sich wie Gott die gleichen Dummheiten jeder neuen Generation, und das auf ewig, ansehen muß? Ist das nicht ein Film ohne Ende? Bloß dran denken, und man wird müde.«

»Ich keineswegs.«

»Und wenn man so alt wie Methusalem wird, wie sieht es dann mit der Liebe aus?«

Er grinste. »Meine Freude an der Liebe ist dermaßen banal, einfach, ja fast vulgär, sie verdient es kaum, daß man sich drüber unterhält.«

»Wird bei den Seuchen, die heute umgehen, zum Beispiel Aids, das wiederholte Wechseln von Liebespartnern nicht etwas riskant?«

»Sie haben recht. Frauen sind ein Risiko. Aber der Tiefseeforscher lernt bald, wie man sich am Meeresboden verhält, sonst taucht er kein zweites Mal.

Natürlich sind die Tiefen voller Haie und Piranhas. Die einen beißen dir einen Fuß ab, die andern nagen dir an der Haut. Es gibt vergiftete Kugelfische und drei Meter lange schleimige Seeschlangen, die einen leicht erdrosseln, wenn man nicht vorsichtig ist. Da unten in den Tiefen, wo's interessant ist, lernt man das wirkliche Überleben. Wer nicht die Kunst beherrscht, mit Frauen umzugehen, versteht vom wahren Leben nichts. Zeigen Sie mir eine Frau, die von sich behauptet, daß ich sie nicht zähmen könnte, und auch sie wird mir hörig!« prahlte er. »Was ich von einer Frau brauche, ist der Körper, und auch den nur ganz kurz, weil ich, wie Sie sich vorstellen können, mit anderen Dingen zu ausgelastet bin.«

Wie ein alter Frauenheld gesprochen.

Um das Thema zu wechseln, bewunderte ich seinen Schreibtisch, ein wirklich außerordentliches Möbelstück aus solider deutscher Eiche. Sieben Meter lang, drei Meter breit, auf acht geschnitzten Füßen. Auch die sechs Querbalken sind Miniaturen in Holz geschnitzt. Mädchen mit Obst- und Blumenkörben, von Ebern, Hasen und Hirschen verfolgt. Hinterher eine ganze Reihe von Jägern mit Pfeil und Bogen, Speeren, Schwertern und Messern. Kurzum, ein Meisterwerk in Holz aus dem späten fünfzehnten Jahrhundert.

Walter Wertheimer stand auf und stellte sich neben mich, um seinen Kunstschatz erneut zu bewundern.

»Vor Ihnen steht der berühmte Langtisch von Teplitz.

Ja, das ist er. Mein Urgroßvater fand ihn in Dresden, als man die Barrikaden von 1848 abräumte. Hat ihn nichts gekostet, bis auf ein paar Gulden Miete für eine Karre. Mußte natürlich erst restauriert werden. War teilweise verkohlt. Hier fehlten ein paar Gänseköpfe, da ein paar Fuchsschwänze. Opfer der ersten und letzten deutschen Revolution. Urgroßvater Moses Wertheimer fand nach einigem Suchen die Nachkommen der Handwerksmeister, die haben ihn wiederhergestellt nach alten Zeichnungen. Das war zu seiner Zeit noch durchaus möglich.

Ursprünglich hat der Tisch einer gewissen Minerva von Butzhoven gehört, einer Baronin aus Litauen, diese wiederum, dem ist aber leider nicht mehr genau nachzugehen, hat ihn Cosima Wagner, Richard Wagners Frau, abgekauft. An diesem Tisch hat Wagner vermutlich sein antisemitisches Pamphlet *Die Juden in der Musik* geschrieben, aber das ist, wie gesagt, auch nur Vermutung. Fest steht: Als wir 1939 aus Berlin fliehen mußten, haben ihn meine Eltern bei einem nichtjüdischen Freund in dessen Villa am Wannsee abgestellt. Er war Berufsdiplomat, an der deutschen Botschaft in Tokio, ein Freiherr von Wachteln. Später wurde die Villa von der SS gemietet. Die berüchtigte Wannsee-Konferenz von 1941 fand dort statt. Also ist anzunehmen, daß Himmler, Heydrich, Eichmann und Kaltenbrunner an diesem Tisch die Ausrottung unserer Familie beschlossen. Der Fluch ließ nicht lang auf sich warten. Sie sind letzten Endes auch dabei draufgegangen. Ein Tisch voller deutscher Legenden also und gleichzeitig ein prächtiges Möbel. Aber das ist alles Geschichte, alles Legende. Man muß vergessen lernen, finden Sie nicht?«

Nach diesem Treffen mit Wertheimer hatte ich das Gefühl, meine Zeit in Berlin zu verschwenden. Besser, ich fahr heim, wo Australia auf mich wartet. Schon möglich, daß ich der ewig wandernde Jude bin. Aber wenn man mich läßt? Warum nicht? Solange man frei kommen und gehen kann, wann man will, ist das Rumziehen gar nicht so schlimm. Und was heißt schon Zeitverschwendung?

Was läßt sich darunter verstehen? Kann man Zeit wirklich verschwenden? Ich begreife so was eigentlich nicht. Ebensowenig wie die Allegorie des Wertheimer-Erbstücks. Warum macht sich eine alte deutsch-jüdische Familie wie die Wertheimers soviel aus dem Besitz einer deutschen Legende? Auch darüber läßt sich grübeln. Daß es deutsche Juden gibt, die sich in erster Linie deutsch – und nur in Deutschland daheim – fühlen, ist bekannt.

»Ich bin ein Berliner, und genau wie Kennedy habe ich einen amerikanischen Paß. Na und? Ich bin sogar mehr Berliner als die meisten Berliner!«

Ja, warum nicht? Hätte es keinen Krieg gegeben und keine deutsche und russische Besatzung, und man hätte die Wahl gehabt, wären wir nicht heute noch Polen? Und hätten die Kommunisten uns Juden nach dem Krieg nicht hinausgeekelt, wären wir dann ausgewandert? Du bestimmt nicht. Ich vielleicht.

Wenn. Wenn. Was wäre, wenn Hitler es gewissen Juden erlaubt hätte, seiner Partei beizutreten? Wenn! Es ist nicht auszudenken. Ich hatte wenig Lust, mich über die Vergangenheit zu unterhalten. Mir ging's um meine

Messias-Maschine, die mit wenigen Tasten Vereinte Nationen, Weltbank und IMF ersetzt und sämtliche materiellen Probleme innerhalb von Sekunden zu lösen imstande ist.

»Wovon ist die Rede?«

Überzeugt, daß sich Wertheimer jedes ernste Anliegen nur dann anhört, wenn man einen Spaß daraus macht, sagte ich:

»Nun, mein Messias funktioniert perfekt und braucht nur 15 Watt, bei 110 und 120 Volt Gleich- oder Wechselstrom.«

»Hübsche Idee. Leider ohne Sex-Appeal. Computer sind nichts für mich, es sei denn, sie programmieren mir einen, der mir neues Talent verschafft. Was man so an Talent hier trifft, wird täglich langweiliger. Programmieren Sie mir was Hübsches, und ich zeige mich mit einer großzügigen Spende erkenntlich, die können Sie dann nach Belieben verschwenden. Werden Sie mein Kuppler, dann bin ich ihr Mäzen.«

»Akzeptiert. Vielleicht fällt mir was ein.«

Mir fiel plötzlich ein, daß du Oksana loswerden willst! Dem Mann aber, der alles hat, fehlt eine Oksana! Genau die hat er nötig. Eine geborene Terroristin. Laß dir das durch den Kopf gehen. Kauf ihr eine Flugkarte nach Berlin, und du bist sie vielleicht auf immer los! Aber wie ich dich kenne, wirst du meinen Vorschlag entrüstet von dir weisen. Solide Ehen basieren darauf, daß Masochist und Sadist unzertrennlich sind. Das weiß selbst ein Laie.

Donnerstag

Wollte bereits morgen nach New York, um für Walter Wertheimer Talent zu finden. Könnte gleiches in London tun, käme dann aber in Versuchung, deine Gastfreundschaft zu akzeptieren. Nur das nicht!

In deinem häuslichen Drama sehe ich für mich keine Rolle. Außerdem soll ich mich morgen hier im Haus mit Ffinger zu Mittag treffen. Er rief mich aus Antwerpen an, hat gute Nachrichten aus New York für mich. Irving hat ihn angerufen. Es soll in New York einen stinkreichen, verrückten Juden aus Tiflis geben (natürlich gibt's mehr als einen), der einen Davidstern als Rakete in die Erdumlaufbahn schießen will! Herrliche Idee! Ganz meine Wellenlänge.

Freitag

Heute bei Tisch fiel bei mir der Groschen. Elim ist ein *agent provocateur*, wie das auf französisch so schön heißt. Juden sollen nach außen hin Christen, Muslims, Hindus und Buddhisten werden – was früher oder später dazu führen soll, daß alle Nichtjuden sich zum Judentum bekehren. Wie? Frag mich nicht.

»Die Erlösung kommt nicht vom äußeren Schein, sondern aus der inneren Bekenntnis. Wir Juden sind der göttliche Funke im geistigen Dunkel der Welt. Selbst wenn wir so tun müßten, als ob wir Atheisten wären (was augenblicklich gar nicht Mode ist), ist es immer noch besser, man erkennt uns nicht. Dem wahren Juden sieht man sein Judentum nicht an. Der wahre Jude ist vom

Nichtjuden rein äußerlich kaum zu unterscheiden.« Zwar keine originelle Idee, aber vielleicht nicht ganz unwahr, obwohl sie gleichzeitig verrückt ist. Der Türke hat ihm tatsächlich eingeredet, er, Elim, würde der neue Schabbtai Zwi sein, der falsche Messias, der bekanntlich 1666 zum Islam übertrat, mit dem Resultat, daß seine treuesten Jünger und Tausende andere Juden seinem Beispiel folgten. Diese *Dönmeh* glauben auch heute noch an den »Verborgenen Messiah«, und es gibt mehr von ihnen, als man denkt.

Mit der Erlösung hat er es eiliger als ich. Der ganze Mann besteht aus Geschwindigkeit. Wenn man ihm beim Essen zusieht, meint man, er wäre in höchster Eile.

Er ißt zweimal so schnell wie Wertheimer. Eine Mahlzeit von fünf Gängen hat er in zwanzig Minuten weggeputzt, und angeblich nur deshalb, damit ihm mehr Zeit zum Gespräch bleibt. Gespräch kann man's kaum nennen. Er hält ununterbrochen Monologe.

»Wir müssen uns beeilen. Wir brauchen bald einen neuen UN-Sekretär. Der Peruaner hat keine Phantasie. Bei den nächsten US-Wahlen muß Gary Hart gewinnen. Hart hieß früher Herz. Frau Bonner, Sacharows Gattin, muß Gorbatschow ablösen. Je schneller, desto besser. Für Pakistan wünsche ich mir das Fräulein Bhutto. Alte sephardische Familie, hieß früher Baruchia, mit dem Messiah aus Smyrna verwandt. Der Urgroßvater des jetzigen deutschen Bundeskanzlers schrieb sich noch mit einem ›n‹ statt einem ›l‹, war ein Hausierer aus Buscacz. Ich habe Urkunden, Beweise. Eine ganze Bibliothek von Beweisen im Tresor der Nationalbank in Vaduz. Daß Alphonso in Argentinien sephardisch betet, ist kein Geheimnis, aber wer kennt schon den wahren Namen von Mao Tse-tung?«

»Moshe Zung?«

»Sie wissen mir zuviel. Sie gehören in meine Organisation.«

»Würden Sie dann meine Messias-Maschine unterstützen?«

»Nicht sofort. Vielleicht. Wir werden sehen. Erst will ich Sie mit einem gewissen Bert Alkmaar van Sluys zusammenbringen, Sohn eines Widerstandshelden, der im Krieg zwölf Juden versteckt hat und in einer öffentlichen Anlage gegenüber dem Hotel American, wo Sie ja absteigen werden, erschossen wurde. Ob der Holländer Ihnen Geld gibt, steht noch nicht fest. Das wäre unholländisch. Aber anhören wird er Sie, weil er mehr Zeit hat als ich, auch mehr Geduld. Ich hab's leider eilig und muß sofort weg. Weizsäcker ist in Berlin. Wartet bereits auf mich. Wir müssen das Waldheim-Problem aus der Welt schaffen. Bitte kein Wort darüber an Dritte.«

Ich mußte es ihm versprechen, also weißt du von nichts. Er kritzelte schnell den Namen und die Telefonnummer des Holländers auf einen Zettel, steckte seine Lesebrille weg und zahlte. Wir gaben uns die Hand, er verschwand durch die Drehtür. Weg war er.

Wie du dir denken kannst, lieber Boris, bin ich jetzt in eine Verschwörung verwickelt, die alle Aussicht hat, daß Elim und ich die Weltmacht an uns reißen werden. Falls etwas dazwischenkommt, was durchaus möglich ist, wartet Australia Mallone auf mich mit meiner Lieblingsspeise: pikantes Huhn in Schokoladensoße. Also mach dir um mich keine Sorgen.

Herzlichst,
dein M.

PS. Bei Leuten wie Ffinger kann man nie wissen, wann der Spaß aufhört und der Ernst beginnt. Natürlich ist es gut möglich, daß Ffinger mit Weizsäcker befreundet ist. Daß Kohls Urgroßvater aber, noch dazu mit einem »n« belastet, seinen Bauchladen rheinauf- und rheinabwärts schleppte, klingt eher unwahrscheinlich. Aber auch hier läßt sich kaum etwas beweisen.

Alles, was er sagt, ist natürlich Unfug. Und trotzdem – weil diese Frage, wer Jude ist und wer keiner, immer und überall auftaucht, fragte ich mich manchmal, wieso dieses Thema ewig unausgeschöpft bleibt.

Hitlers Rassentheorie (die er sich übrigens von englischen, österreichischen und französischen Rassenforschern abgeschrieben hat, ich habe ganz neue Beweise!) hat sich ohnehin als idiotisch entpuppt. Die arische Rasse ist nicht unbedingt weiß, und eine weiße Rasse ohne europäische Juden gibt es schon gar nicht, aber weil Juden per Nazi-Definition nicht arisch sein können, ist das Ganze blödsinnig. Und heute, ganz ohne Rassentheorie, sind die Juden, früher als Feiglinge verspottet, als freche Zionisten weiter verhaßt, und Gore Vidal zum Beispiel zweifelt, wie schon so viele seines Schlages vor ihm, an der Loyalität derjenigen Juden, die sich gleichzeitig zum Zionismus bekennen. Die Frage, wer und was man als Jude und jüdisch bezeichnen kann, spukt ewig weiter und läßt sich weder von Nichtjuden noch von Juden untereinander klären. Ein zeitloses Thema hat Ffinger hier angeschnitten, über das man nie ausgeredet hat.

Ein weiterer Brief des Emmanuel Borovsky an seinen Bruder

Hotel Plaza
New York, 6. Juni

Am Telefon sagte er, ich würde ihn sofort an seinem weißen Anzug und den großen Diamanten an seinen dicken Fingern erkennen. Das stimmte. Er ist Mitte oder Ende Sechzig, die Glatze von einem Haarkranz dünner grauer Haare gekrönt. Hellbraune scharfe Augen eines Habichts, die etwas freundlicher wirken, wenn man merkt, wie sehr der Mann schielt. König der Ganoven von Tiflis ist sein voller Titel, er heißt Lew Grusinsky, und Irving ist überzeugt, er arbeitet noch immer für den KGB. Um fünf trafen wir uns unten im Hotel in der Austernbar, und ich beschloß, ihn einfach zu fragen, ob an den Gerüchten was dran sei.

Er schmunzelte. »Ich? Russischer Agent? Ich werde Ihnen eine Geschichte erzählen, dann bleibt es Ihnen überlassen, was Sie von mir halten. Also, fangen wir an: Vater, Großvater und Urgroßvater sind in Tiflis geboren. Dort kam auch ich zur Welt.

In der Familie machten wir Leitern. Einfach Leitern. Und das seit dem achtzehnten Jahrhundert. Im Jahr 1917 nahmen uns die Bolschewisten die Fabrik weg. Unter Lenins Neuer Ökonomischer Politik, die lahme Planwirtschaft anzuheizen, fiel sie wieder in den Familienbesitz zurück. Kaum war Stalin an der Macht, hat man sie uns wieder weggenommen. Vater wurde offiziell zum Direktor ernannt und bekam jetzt zumindest ein regelmäßiges Gehalt. Vater starb achtundvierzig, und ich wurde der neue Direktor. Und weil ich nun mal nicht auf den Kopf gefallen bin, nicht mit dem Finger gezeugt wurde, wie man bei uns sagt, habe ich bald gemerkt, wie man mit Leitern Geld verdient... Wer eine Leiter studiert, wird sofort bemerken, daß sie aus Sprossen besteht. Sagen wir, eine Leiter von achtzehn Metern braucht vierundsechzig Sprossen. Je mehr Sprossen, um so teurer die Herstellungskosten. Sprossen kosten Geld, klar. Gibt man der Leiter statt der vierundsechzig nur sechzig oder achtundfünfzig Sprossen, spart man Geld und kann mehr Leitern bauen. Verstanden? Ich habe die »Volksleiter« eingeführt. Sie hat zwar zwanzig Prozent weniger Sprossen, aber ist dafür um zehn Prozent billiger. Für diejenigen, die es sich leisten können, macht man eben altmodische kapitalistische Leitern nach Maß und auf Bestellung. Wir hatten nicht zu klagen, hatten sieben fette Jahre. Bis vierundfünfzig. Stalin starb dreiundfünfzig. Ein Jahr später wurde Beria erschossen.

Solange Beria die GPU kommandierte, ging alles glatt, und ich mußte mich nicht abrackern. Meine Frau Tanja und meine beiden Töchter, Nadja und Katja, damals fünfzehn und sechzehn, haben den Vater brav unterstützt. Zugegeben, vor allem meine Töchter waren ganz außergewöhnliche Schönheiten. Sie sind es auch heute noch, meine Töchter, unberufen, unbeschrien (er spuckte dreimal aus), aber damals waren sie so schön wie zarte Feen, wie Märchenprinzessinnen. Jedenfalls, Beria war ein Freund und mein ständiger Hausgast. Wenn Beria nach Tiflis kam, ging ich fischen und jagen und überließ ihm meine Damen. Die kümmerten sich dann ums Geschäft, wie es sich gehört.

Beria war bekannt als Frauenheld. ›Zwei lebhafte Dinger im Bett sind mir lieber als ein Dutzend toter Verräter‹, pflegte er zu sagen. Das sagt alles.

Zu jener Zeit hatte ich in Khabarovsk einen Freund. Einen gewissen Godorovsky Igor (er spuckte wieder aus), ersticken soll er, falls er noch lebt, und dieser Igor war leider, wie so viele meiner Freunde, nicht nur größenwahnsinnig, sondern darüber hinaus ein Meschuggener. Nur weil er mir große Bestellungen Leitern aufgab, zwanzig, dreißig pro Jahr, für seine Grammophonplatten-Fabrik, dachte er schon, er wäre Beria und redete sich ein, daß er, wenn er nach Tiflis kam, genau wie Beria Anspruch darauf hätte, daß ich ihn mit Frau und Töchtern allein lasse und fischen gehe. Ehrlich gesagt, so sympathisch war er mir nicht, und meine Damen fanden ihn ziemlich widerlich. Irgendwie sah er akzeptabel aus, das schon. Aber keine Kultur. Keine Klasse. Jedes zweite Wort bei ihm war entweder Scheiße oder Fotze oder Arsch. Mit solchen Proleten will man nichts zu tun haben. Meine Damen schon gar nicht. Die wiederum hatten den Ruf größter Schönheit, der sogar bis hinauf nach Khabarovsk gedrungen war. Und Igor wollte daheim bei seinen Freunden angeben. Statt einfach zu lügen, fing er mir an, Zores zu machen. Ärger. Um es kurz zu machen, er hat mich bei Berias Erzfeind denunziert. Beria hat mich sofort gewarnt, sich wie ein Bruder benommen, riet mir, sofort zu verschwinden. Er sorgte dafür, daß wir Pässe bekamen und fand sogar einen Ägypter, der meine Ersparnisse nach Kairo mitnahm. Beim Zoll hätten sie sich sonst gewundert, woher Genosse Grusinsky eine halbe Million in bar hat. Allerdings muß ich hinzufügen: Die andern Direktoren kauften sich immerzu Schmuck für ihre Dirnen, Datschas für ihre Frauen und Klaviere für ihre Töchter. Ich dagegen kaufte aus Prinzip nur Dollar. Beria habe ich diesen Mullah aus Kairo zu verdanken. Solche Araber gibt es kaum zweimal. Stellen Sie sich einen Araber vor, der an unsere Bibel glaubt und behauptet, Gott habe das Land Israel den Juden und nicht den Arabern zugesagt! Wo gibt's so was noch? Er war ein studierter Mann und ganz einfach davon überzeugt, daß Gott das, was er uns Juden versprochen hatte, natürlich auch halten wird. Wer würde einem solchen Araber nicht sein Vermögen anvertrauen? Ich hab's nicht bereut, und so kamen wir nach Amerika mit ein paar Groschen in der Tasche, und hier kann man Gott sei Dank Geld verdienen, ohne die eigene Frau und die Töchter zu verschachern.«

In ebendiesem Augenblick trat eine rundliche, stattliche Frau an unsern Tisch, so um die Mitte Fünfzig, reichlich mit Schmuck garniert.

Er stellte sie vor: »Meine Frau Ludmilla. Meine erste Frau Tanja ließ mich im Stich, sobald wir in New York landeten. Ging mit einem ungarischen Dompteur nach Brasilien, einem Schlemihl, einem Nebbich. Arbeitete wie ein Verrückter. Und was hat er schon davon? Bringt einem Hund bei, wie er auf den Hinterpfoten tanzen soll, oder trainiert Affen für Bettler, die dann mit dem Hut rumgehen und warten, bis man ihnen ein paar Cents reinwirft. Ein Geschäft für Schnorrer! Und für diesen Nebbich hat mich meine Frau verlassen! Meine Töchter sind auch längst aus dem Haus. Sind zwar noch nicht verheiratet, aber haben sich reiche Liebhaber ausgesucht, und wilde

Ehen sind oft solider und selten langweilig. Jetzt wissen Sie alles über mich. Glauben Sie noch immer, daß ich beim KGB bin?«

»Kaum.«

»Jetzt reden wir Tacheles. Wie Sie bemerkt haben werden, haben mir die New Yorker Jiddisch beigebracht. Daheim sprachen wir nur Grusinisch oder Russisch. Also hören Sie zu: Anders als früher, bin ich heute im fortgeschrittenen Alter ein großer Freund Israels. Ich will etwas tun für mein Volk. Was halten Sie davon: Ein Davidstern leuchtet aus dem All in bunten Laserstrahlen! An einem Satelliten befestigt, durchquert er das Firmament, und statt andere immerzu drauf aufmerksam zu machen, wie großartig wir sind, braucht man nur nach oben zu zeigen, jedes Wort erübrigt sich. Wie das Auge Gottes beschützt der Stern Davids die ganze Menschheit von oben aus dem All. Was halten Sie davon?«

Ludmilla wiederholte Wort für Wort: »Was halten Sie davon?« Beide sahen mich an, als wäre ich Präsident der NASA, der die Satelliten in den Weltraum schießt. Um meine Chancen nicht zu verderben, mußte ich natürlich diplomatisch vorgehen.

»Wunderbare Idee. Großartig. Leider etwas kostspieliger als meine Messias-Maschine.«

»Und was, wenn ich fragen darf, ist eine Messias-Maschine?«

»Meine Messias-Maschine löst alle Probleme. Sie leuchtet zwar nicht vom Himmel, statt dessen kalkuliert sie innerhalb von Sekunden haarfein den Preis für soziale Gerechtigkeit, und zwar hier auf der Erde, und sie ist leicht zu entziffern.«

»Was hältst du davon, Ludmilla?«

Ludmilla sprach mit salomonischer Gelassenheit: »Ich meine, der Herr sollte uns ein Modell vorführen oder zumindest irgendeine Broschüre zeigen. Soziale Gerechtigkeit? Für wen? Wozu? Wer braucht das schon?«

»Ich fürchte, Ludmilla hat recht. Frauen sind wirklich klug. Soziale Gerechtigkeit! Was sind Sie? Ein Teenager?«

»Soziale Gerechtigkeit ist doch unsere spezifische jüdische Botschaft an die Menschheit!«

»Wer weiß? Vielleicht. Vielleicht nicht. Aber keineswegs ein Symbol der Macht und auf universaler Ebene sowieso undurchführbar. Sogenannte Gerechtigkeit für jeden ist genau das, was die Reichen bereits haben und die Armen noch brauchen. Damit was zum Verteilen da ist, muß man es erst haben.«

»Genau. Ich brauche Geld, um meine Idee zu verwirklichen, wie man auf Knopfdruck die ganze Welt abfüttern kann.«

Er stand auf und schnippte sich Zigarettenasche von der Weste. »Die Bekanntschaft hat mich gefreut. Ein Vergnügen, Sie kennenzulernen. So was gibt es also noch!«

Auch seine Frau gab mir die Hand, und beide verschwanden und überließen mir sogar die Rechnung. Entweder Zeitverschwendung oder eine neue Erfahrung? Wie man's nimmt. Ich muß dir jedenfalls weitere Anteile an meiner Firma verkaufen. Bei der nächsten Vorstandssitzung hast du das Mehrheitsstimmrecht, nur schicke mir den Scheck bitte postwendend.

Dein M.

PS. Um nicht allzuviel Zeit zu verschwenden, halte ich Wertheimer mit meiner Talentsuche auf dem laufenden, wie du aus beiliegender Kopie ersehen kannst. Oksana verdient ein separates Memorandum. Findest du nicht?

M.

Informationsschreiben von Emmanuel Borovsky an Walter Wertheimer

Computerauszug über verfügbare Talente, zusammengestellt aus der internationalen Kartei von Talentscout Inc. New York, vierter Juni, zur persönlichen Kenntnisnahme von Walter Wertheimer, Wertheimer Film GmbH Berlin

MARION SASSOON
Alter: 32, Amateurpianistin, spricht Arabisch, Hebräisch, Englisch und Französisch, hat die Schönheit einer sephardischen Prinzessin, ausgezeichnete Haltung, perfekte weiße Zähne, ansprechende Persönlichkeit.
Hobbys: Bücher, Musik, Reisen, Abendeinladungen, Kino.
Scharfe Zunge, kann sarkastisch, bissig und ungeduldig sein, mag keine Verpflichtungen außer regelmäßigem sexuellen Verkehr.

PATRICIA SONDHELM
Alter: 34, elegant, hochgewachsen, blond, kristallblaue Augen, eine Nymphe mit süßem, geheimnisvollem Lächeln, Lippen öffnen und schließen sich wie Blütenblätter, klangvolle Stimme, starker Händedruck, eine Frau, die ihren eigenen Willen hat.
Hobbys: Sonnenbaden, Reisen, Zigaretten rauchen, Trinken, Lachen.
Verschlagen, verschwiegen, leicht zu Tränen gerührt,

hypochondrisch, humorvoll, lacht los, bevor der Witz zu Ende erzählt ist.
Genügsam, umsichtig, praktisch, auch großzügige, warmherzige Persönlichkeit. Junge Witwe mit besten Empfehlungen.

LANA WAXMANN
Alter: 31, dunkel, schön, graziös, dunkelbraune Augen, vollkommener schlanker Körper, herzförmige Lippen, feinstes Parfüm, Duft der Verführung, die geborene Partnerin für den Mann von Macht.
Hobbys: Film, Video, Bücher, Liebe, gute Gespräche, gutes Essen.
Argwöhnisch, frivol, hartnäckig, sexuell überreizt, Exhibitionistin, doch zugleich schüchtern.

REGINA VAN DOLEN
Alter: 37, hochgewachsen, elegant, dunkel, gerade Nase, feste volle Brüste, Hüften desgleichen, große, starke, weiße Zähne, großer, großzügiger Mund, gekleidet wie Zigeunerprinzessin, faszinierende Begleiterin, interessantes Aussehen.
Hobbys: Tennis, Hockey, Eishockey, Rudern, Segeln und Schwimmen.
Weichherzig, ungeduldig, auch liebevoll, großzügig, warm, strahlend, optimistisch, launisch.

ZORA FIEDLEROVA
Alter: 29, slowenische Schauspielerin, militante Feministin, sozialistisch-trotzkistische Anarchistin, langes rotes Haar, weißer ungarischer Teint mit Leberflecken und Sommersprossen, sehr hübsch.

Hobbys: Theater, Zusammenkünfte, Demonstrationen, Aufmärsche, Kundgebungen, freie Liebe.
Brutal, zynisch, offensiv, arrogant, sadistisch und sentimental, loyal und lieb.

NADINE PETROV
Alter: 36, gutaussehende, in Paris geborene bulgarische Aristokratin, hochgewachsen, blond und großäugig, kräftige Nase, kleiner Mund, entzückendes Lächeln, Tantra-Lehrerin, glückliches Naturell.
Hobbys: Liebe, esoterische Gespräche, Klatsch, gute indische Küche, Reisen, milde Drogen, kein Alkohol.
Hyperaktiv, herrisch, laut, doch auch schüchtern, äußerst leichtgläubig, gutmütig, gute Tänzerin.

NANA SOLDAT
Alter: 36, verführerische, mittelgroße südafrikanische Romanschriftstellerin, fröhliche, charmante, bezaubernde Begleiterin, unterhaltsam, nicht eifersüchtig, gelegentlich bisexuell.
Hobbys: Schreiben und Reisen, französische Küche, alte Weine und neue Freunde, gemütliche Plaudereien.
Pedantisch, langatmig, ungeduldig, doch auch unkompliziert, entspannt, verhuscht, zauberhaft, treue Freundin, laut Referenzen im Bett erstklassig.

Dies sind nur ein paar Beispiele aus unserer langen Liste verfügbarer Talente. Sie sind kurzfristig abrufbar und bereit, an jeden Punkt der Erde zu reisen, vorausgesetzt, das volle Fahrgeld und eine Kaution von zehntausend Dollar werden bei Vertragsunterzeichnung

im voraus an Talentscout Inc. entrichtet. Schreiben Sie uns Ihre Sonderwünsche, und wir werden uns freuen, Ihnen zu Diensten zu sein.
Hochachtungsvoll,
im Namen der Direktion von Talentscout Inc.

Emmanuel Borovsky

Brief des Boris Borovsky an seinen Bruder

The Lodge
Bishop's Avenue
London, 12. Juni

Die Lage hat sich rapide verschlechtert. Ich muß Oksana so bald wie möglich loswerden. Bin mit den Nerven völlig fertig, lieber Bruder, sonst würde ich dir das alles verschweigen. Du hast dein jüdisches Problem mit der Welt, ich habe mein Eskimo-Problem bei mir daheim. Jetzt will sie mich für immer und ewig erledigen: Im Haus, im ganzen Haus, wo man sich umblickt, eingerahmt hinter Glas, starren dich Hunde an. Sogar auf der Toilette: ein Dackel. Nur wenn man selber auf allen vieren kriecht, kann man ihre Schnauzen vermeiden. Ein kleiner schwarzer Affe hat mir gerade noch gefehlt; gefehlt oder nicht, heute früh klettert er vom Bettpfosten. Natürlich habe ich das Vieh sofort gepackt und zurückgebracht. Hätt' mir fast die Nase abgebissen und ein Auge ausgekratzt, der blöde Affe. Aber auch das hat ihr nicht genügt. Als ich von der Tierhandlung zurückkam, lag sie auf dem Fußboden und schluchzte. Sobald sie mich hörte, hämmerte sie Kopf und Fäuste auf das Parkett. Streiten tun wir uns nicht mehr. Ich ging geradeaus in mein Arbeitszimmer und sagte nur so im Vorbeigehen, daß jeder Hauseigentümer das Recht hat, unerwünschte Hausgäste rauszuschmeißen. Das ist ganz normales Zivilschutzrecht bei uns in England.

»Ein Bild von einem Hund ist kein Hund und ein Affe ist schon gar kein Hund! Du gemeiner Lügner. Du haßt mich einfach.«

Da hat sie wiederum recht. Ich hasse dieses Satansweib. Sie könnte mir im Schlaf leicht die Hoden abschneiden. Wenn sie mir was zu essen oder trinken serviert, rieche ich erst dran, bevor ich einen Bissen oder einen Schluck mache, darauf kannst du dich verlassen. Ich bin ein Feigling, was ich ja früher nicht war, wie du weißt. Früher war ich jähzornig und habe immer und sofort zugeschlagen. Auch das weißt du nur allzugut. Ich beherrsche mich jetzt, was mir nicht immer leichtfällt, aber sie ist gewarnt, was passiert, wenn sie es noch lange so weitertreibt.

Drauf sagt sie »jobdvojematji«, gebietet mir also, ich soll unsere Mutter ... Diese Cholera!

Schon dafür hätte ich sie auf der Stelle umbringen können. Ich saß bereits an meinem Schreibtisch, den Kopf voller Troeltsch, Uhlhorn und Neumann, meine augenblickliche Lektüre, da schreit sie durch die verschlossene Tür: »Denk dran, du Zwerg, meine Zähne beißen ein Beefsteak aus einem lebendigen Ochsen, wenn's sein muß! Mit meinen eigenen Zähnen! Merk dir das!«

Sie übertreibt natürlich, aber um ganz sicher zu sein, schlag ich vor, du arrangierst was für sie in Berlin. Sie wollte immer schon nach Berlin. Für Eskimos aus Sibirien ist Berlin der Goldene Westen. Sie ist gewiß auch neugierig, wie und ob sie noch auf andere Männer wirkt. Eine Reise nach Berlin ganz allein, ohne mich, wird sie freuen.

Mit mir ist sie natürlich todunglücklich, weil ich Tiere im Haus nicht vertrage. Ich kann nichts dafür. Gott weiß:

Ich habe alles probiert, mir vorzustellen, wie ein Mann mit einer Frau auskommen kann, die einen Hund liebt. Es gelingt mir nicht. Lieber am Jom Kippur in einer katholischen Kirche Schinken essen als das. Alles hat seine Grenzen. Schenk sie deinem Freund Wertheimer, und ich hoffe, sie werden beide glücklich. Amen. Diese Hure!

Wenn du sie deinem Freund beschreibst, vergiß nicht: lieb, nett und bescheiden. Wenn du nicht lügen kannst, fällt unser ganzer Plan ins Wasser. Also lüge drauflos soviel du willst. Kannst im gleichen Schreiben auch erwähnen, daß es in der griechischen Mythologie eine Alkestis gibt, »ein göttliches Weib« nannte sie Homer. Als der Tod ihren Gatten Admetus heimsuchen wollte, hat sich Alkestis vor ihren Gatten gestellt, und der Tod nahm sie zuerst. Mit vierundachtzig wird es Zeit, über den Tod nachzudenken, kannst du deinem Freund ausrichten. Oksana wird schon dafür sorgen, daß er im Sattel stirbt, mit einem Lächeln sogar.

Mir verspricht sie, daß sie sieben Jahre lang um mich trauern wird. Sieben Jahre lang will sie nur Schwarz tragen, und das würde sie zur lebendigen Leiche machen. Das ist eine Logik! Sie will mich einfach sieben Jahre überleben. Da konnte ich mich nicht mehr beherrschen. »Tu mir keinen Gefallen. Der Schlag soll dich treffen!« Sie hat's dazu gebracht, daß ich mich so gehenlasse, und ehrlich gesagt, schäme ich mich für diese Ausbrüche. So wird ein normaler gesunder Mensch aus Liebe wahnsinnig. Tag und Nacht quäle ich mich mit gemeinen, ekelhaften, blutigen Einfällen.

Herzlichst,
dein B.

PS. Ein Scheck über zweitausend Pfund liegt bei. Laß es dir gutgehen, während du dabei bist, die Welt zu erlösen. Denk daran, dein Bruder wird inzwischen von der Hexe Lilith erwürgt. Denk manchmal an mich in meiner Qual, das ist alles, was du augenblicklich für mich tun kannst.

Emmanuel Borovsky an Boris Borovsky

Hotel Americain
Leidsekade
Amsterdam, 22. Juni

Dein Scheck hat mich über New York erreicht. Vielen Dank. Mit etwas Geld in der Tasche kann man sich die Geduld, die man hier braucht, etwas besser leisten. Entweder sitze ich auf der Terrasse vor dem Hotel oder, wenn es regnet, und es regnet seit meiner Ankunft, im Churchill Room oder in der Lobby. Oder ich bin am Fenster und seh mir die Touristen an, die auf der Gracht, hinter Glas, vorbeifahren. Drei hohe Ulmen vor meinem Fenster verdecken teilweise die Backsteinmauer des Hotels Marriott gegenüber. Straßenbahnen rattern über die Brücke, von Schwärmen von Radfahrern begleitet. Eine Straßenorgel spielt alte Walzer. Man könnte fast glauben, auf der ganzen Welt herrscht ein Frieden wie hier in dieser nüchternen Stadt um die Mittagszeit.

Gestern traf ich endlich hier im Café im Haus (noch völlig *art nouveau* der zwanziger Jahre) jenen Bert Alkmaar von Sluys. Ein schlanker Mann Mitte der Fünfzig mit dünnen Lippen und hellen Augen. Elim hatte recht. Der Mann kann endlos zuhören. Eine dreiviertel Stunde lang ließ er mich reden über Hunger und Krankheit in der Dritten Welt, über die Verschwendung und den Überfluß bei uns. Unlösbare oder scheinbar unlösbare Probleme, wenn man sie Politikern überläßt. Durch die undogmatische, mechanische Vernunft eines künstlichen Hirns aber wird undenkbares, unnötiges Leid sowohl berechenbar wie auch vermeidlich. So ließ er mich eine Weile daherreden. Endlich machte er den Mund auf. »Uns fehlt es nicht an ethischen Einfällen. Die Ethik hat bei uns aber nicht mehr den guten Ruf wie vor dem Krieg. Im Krieg hatten wir mit euch unsern Kummer. ›Du sollst deines Bruders Hüter sein‹, sagt die Bibel. Aber wo euch alle behüten, wo unterbringen? Rettet man den Kopf des andern, verliert man vielleicht den eigenen dabei... Mein Vater, wie Sie wissen, wurde da drüben auf der Anlage erschossen.

Öffentliche Hinrichtung war nach dreiundvierzig nicht mehr selten. Damit wollten die Nazis uns die biblische Ethik austreiben, was ihnen teilweise auch gelungen ist. Wie jeder weiß, gab's bei uns Tausende Landesverräter, die sogar die eigenen Verwandten für Geld verkauften. Und wie jeder weiß, konnten wir den Abtransport unserer Juden durch die Moffen, die Deutschen, nicht verhindern. Es blieb uns nichts anderes übrig. Wenn man bedenkt, was für ein übler Haufen so ein christliches Volk ist! Die Juden, die es überlebten, haben uns sogar verziehen und loben uns obendrein für unsere Feigheit.«

»Relativ gesprochen...« Er aber wollte nichts davon hören.

»Nein, wir Holländer sind genau wie die übrige christliche Welt ein mieses Pack. Ich wäre lieber Jude als Christ. Das können Sie mir glauben. Das geht leider nicht, da müßte ich mich beschneiden lassen, und dafür bin ich zu alt. Ich kann natürlich rumgehen und sagen, ich bin Jude, aber keiner wird's mir glauben, ich selbst schon gar nicht.

Jetzt aber praktisch gesprochen: Legen Sie mir einen Finanzplan vor, vielleicht läßt sich was für Sie tun. Läßt sich vielleicht von der Steuer absetzen oder so. Jedenfalls muß ich Zahlen sehen, damit ich weiß, wovon die Rede ist.«

»Wir reden von Hunger und Krankheit und Tod, von Kindern in den unterentwickelten Ländern. Wir reden über vermeidbares Elend.«

»Über das Prinzip sind wir uns einig. Jetzt brauche ich Zahlen. Die Welt zu erlösen ist nicht billig, so etwas kostet Geld, das ist klar.«

Mir wurde sofort deutlich, daß dieser Typ, der wie ein Buchhalter denkt, auch die Seele eines Buchhalters hat und kaum begreifen wird, worum es mir geht. Am Ende werde ich sogar um einen staatlichen Zuschuß ansuchen müssen. Das kommt nicht in Frage. Nichts für mich. Ich bin meiner ganzen Mission bald müde, könnte Erholung brauchen, aber woher die Zeit nehmen? Elim rief an, er wird morgen in Amsterdam sein und hätte gerade noch Zeit für eine Tasse Kaffee. Trifft sich nachmittags mit dem Präsidenten des Internationalen Gerichtshofs in Den Haag. Weiß der Teufel warum. Muß ihn morgen unbedingt fragen.

Donnerstag

Ffinger hat mich zum Korrespondenten und Kurier ernannt. Vierhundert Pfund Reisekosten und sechshundert als Anfangsgehalt. Per Monat. Habe sofort akzeptiert. (Und natürlich vergessen zu fragen, was er in Den Haag zu tun hat.)

»Korrespondent für welches Blatt?«

»Kein Blatt. Für mich persönlich. Sie schreiben mir einfach. Ich will, daß Sie morgen nach Wien fliegen und einen gewissen Hofrat Professor Franz U. Heimlich aufsuchen. Früher großer Nazi, heute sucht er nach Empfängern für sein privates Wiedergutmachungsbudget, nicht sein privates Geld, viele reiche Ex-Nazis haben hier beigesteuert. Suchen Leute, notleidende Genies, wie Sie. Sind Ihre Eltern zufällig aus Galizien?«

»Beide. Aus Krakau und Czernowitz.«

»Das reicht. Sie könnten sich als ehemaliger Österreicher ausgeben.«

»Ich habe einen englischen Paß.«

»Vom englischen Paß wird man kein Engländer. Sie sind und bleiben ein Galizier.«

»Ich bin in Kongreßpolen, nicht in Galizien geboren.«

»Ganz egal. Eltern Galizier – Kinder Galizier. So ist das. Geburtsort und Paß sind unwichtige Dinge. Sie berichten mir über Ihr Treffen mit Heimlich. Das ist alles.«

Er stand auf, um zu gehen, und kritzelte folgendes auf einen Zettel. »Otto. Singerstraße. Rudis Zigeunerbar.« Plötzlich fragte er mich: »Wußten Sie übrigens, daß Kreisky Nichtjude ist? Er weiß es selber noch nicht. Ich aber habe Beweise. Die Kreiskys hießen früher Kreuzmaier und waren Sudetendeutsche aus Preßburg, die 1762 in eine ungarisch-spanische Familie namens Weißmann einheirateten. Weißmann ist normalerweise jüdisch, aber nicht in diesem Fall. Dieser Zsoltan Weißmann, der eine Kreuzmaier Josefine ehelichte, hieß ursprünglich Zsoltan Horváth, alter ungarischer Adel, der mit Juden Geschäfte machte. Ich bin der Sache nachgegangen und weiß jetzt: Kreisky ist ein Goi. Das ist eine Bombe, die zum richtigen Zeitpunkt hochgehen wird. Sie werden staunen, wie das die Waldheim-Leute hinter den Kulissen umwerfen wird. Die Sozialisten werden es bereuen, daß sie Waldheim an das WJC denunzierten. Konnten ja nicht wissen, daß Kreisky auch nicht zu uns gehört. Bitte kein Wort darüber an Dritte. Das muß geheim bleiben, bis die *New York Times* darüber berichtet.«

Ich versprach, kein Wort zu sagen, und er gab mir einen fetten Scheck. Es geht langsam, aber ich kann nicht klagen.

In letzter Zeit habe ich von allerlei Geheimnissen Wind gekriegt. Ich soll nicht darüber reden, aber dir, meinem Bruder, darf ich sie anvertrauen.

Wie es im Hohelied heißt: »Liebe ist stärker als der Tod.«

Mein Mitleid mit deiner Situation läßt sich kaum beschreiben, aber dir ist eben nicht zu helfen. Du bist auf ewig verdammt. Und das verdankst du deiner Liebe zu Oksana.

Bitte schreib mir nach Wien, Hotel Imperial. Bei dem neuen Gehalt kann ich's mir leisten. So einen Job habe ich mir schon immer gewünscht. Drück mir die Daumen.

PS. Beiliegendes Telex ging gestern nach Berlin.

Telex an Walter Wertheimer, Wertheimer GmbH Berlin, von Talentscout Inc. Amsterdam. Einundzwanzigster Juni. Antwort erbeten an Emmanuel Borovsky, Hotel Imperial Wien.

OKSANA LIEBLICH
Alter: 38, äußerst attraktive Persönlichkeit, leiden-

schaftlich und offenherzig, wüst, aber auch fügsam und freundlich.
Hobbys: Jagen und Fischen, Bridge und Poker, Haustiere und Kinder.
Im Bett erstklassig, als Begleiterin auffallend. Blond, sensibel, hochintelligent, schnell aufbrausend, aber auch lieb, verläßlich und treu, gute Stimme, reifer Pfirsich in rauher Schale, gesund und lebensfroh, etwas Besonderes.
Erreichbar über den Unterzeichneten

Emmanuel Borovsky

Etwas übertrieben natürlich, um sie schmackhaft zu machen. Die griechische Mythologie habe ich weggelassen, aber er wird ja bald dahinterkommen, was für ein Prachtstück sie ist. Sobald ich aus Berlin höre, rufe ich dich an. Am besten, du bereitest sie vor und nimmst dich zusammen. Nicht, daß du's dir im letzten Moment anders überlegst! Denk an deine glücklichen Jahre als Junggeselle. Ging's dir so schlecht? Du warst ein freier Mensch, konntest kommen und gehen, tun und lassen, was du wolltest. Der Mensch ist nicht in Ketten geboren, darf sich nie der eigenen dummen Leidenschaft ergeben. Das schon gar nicht. Mach dich frei, Boris! Sei wieder ein freier Mensch!

Ich wünsch' dir alles Beste und umarme dich.

Dein kleiner Bruder M.

Emmanuel Borovsky an seinen Bruder Boris

Hotel Imperial
Wien, 27. Juni

Warum muß alles, was Elim Ffinger unternimmt, nach Spionageroman riechen? Weil es ihm so gefällt. Warum gibt er mir nicht Namen und Adresse des Herrn Franz U. Heimlich direkt? Weil die Adresse in Wien so geheim ist, daß sie natürlich jeder kennt. Und was die Wiedergutmachungsstiftung angeht? Sie nennt sich Blaue Donau, fungiert als Reisebüro, verkauft Karten für die Salzburger Festspiele, die Spanische Reitschule in der Hofburg und ähnliches.

Ich fand Otto in Rudis Zigeunerbar. Ein einsamer trauriger Trinker, ein Bergsteiger- oder Skilehrertyp, angezogen, als ging's zu einer Hochzeit. Sah so aus, als hätte er sich drei Jahre nicht aus derselben Ecke gerührt. Mein Stichwort war »Emmanuel«. Erst sah er etwas verdutzt drein, dreißig Sekunden später fielen ihm zwei Worte ein. Hracek und Kärtnerstraße. Also gleich um die Ecke. Hracez ist ein bekannter Pelzladen, wie du ihn teurer kaum findest.

Mein Stichwort bei Hracek war »Otto«. Eine kleine unansehnliche Person bat mich, einen Moment zu warten, verschwand hinter einem Spiegel. Aus dem gleichen Spiegel trat ein großes blondes Geschöpf, offensichtlich ein Modell, in weißem Nerz, darunter nur Strümpfe und

Strumpfhalter, mit dem gelangweilten Lächeln einer Profi ...

Ich wiederholte »Otto«. Sie schrieb »Stubenring 19« auf einen Zettel und schaute auf ihre kleine, mit Diamanten besetzte Uhr.«

»Franzi wartet im Büro auf Sie.«

Nummer neunzehn ist das ehemalige Palais des polnischen Fürsten Czernovsky, jetzt ein luxuriöses Bürogebäude, gleich gegenüber dem Eingang zum Stadtpark. Der ganze Ring roch nach Flieder und frisch gemähtem Gras. Man geht durch die Autoeinfahrt rechts zur Portiersloge, steigt eine kurze Marmortreppe hinauf, von zwei weißen Alabasterlöwen mit ausgestreckten Pfoten flankiert, und erreicht den Aufzug. Im Treppenhaus stinkt's nach Messingpolitur, nach Terpentin und Salpeter.

Im fünften Stock fand ich ein kleines Messingschild. Blaue Donau GmbH. Die Frau, die mir aufmachte, war entweder dieselbe, die bei Hracek hinterm Spiegel verschwand, oder es war ihre Zwillingsschwester. Täuschend ähnlich, nur andere Farben. Diese hatte rötlich gefärbtes Haar, die andere war dunkelbraun, fast schwarz. Sie zeigte mir, wo ich Mantel und Schirm ablegen könnte, eine unnötige Geste, weil ich weder Mantel noch Schirm trug, führte mich in ein kleines elegantes Wartezimmer. Ich möge mich einen Augenblick gedulden, der Chef würde sofort usw.

Der Chef stand im gleichen Augenblick vor mir, packte mich an der Hand und zog mich in seinen Arbeitsraum.

Der Arbeitsraum war ein Salon mit hoher, mit Stuck verzierter Decke, Doppelfenster mit Aussicht auf den Stadtpark, die Fenster geschlossen, um den Verkehrslärm und die Musik im Park zu vermeiden. Rote Samtvorhänge zu seiten der Fenster verstärkten den Eindruck einer Bühne im traditionellen Wiener Geschmack. Vor dem Fenster ein enormer Schreibtisch, dahinter ein Armsessel. Ein Schreibtisch für einen Admiral, für einen Kaiser. Wer auf diesem Sessel saß, konnte leicht das k. u. k. Österreich-Ungarn überblicken.

Eine Wand war von einem Gobelin bedeckt. Entweder die Schlacht von Austerlitz oder Königgrätz. Viele Pferde, viele Tote und Verwundete. Gegenüber den Fenstern führten zwei Türen zum Nebenraum. Ein schöner alter Perser verdeckte den hell polierten Parkettboden.

Ein roter Diwan auf geschnitzten Beinen. Ein Biedermeiersessel mit grünen, handgestickten Seidenblumen. Ein kleiner Marmortisch. Sonst nichts. Ein fast unheimlich leerer Salon. Der große Mann mit kurzgeschnittenen grauen Haaren musterte mich eine Zeitlang aus wäßrigen blauen Augen. Er sprach mit monotoner Stimme, fuchtelte dabei aber wild herum. Rang die Hände, drehte sie rückwärts und vorwärts, hob Zeigefinger und Daumen, spreizte die Finger. Kurzum: Es gibt einen Fonds für rassisch verfolgte Österreicher und Erben, ein geheimer Fonds neben den öffentlichen Mitteln. Bedingungen sind nicht daran geknüpft, nur versteht sich's von selber, daß man, wenn man Geld von ihnen erhält, einen Appell an die Welt unterzeichnet, Österreichs Vergangenheit endlich zu irgnorieren. Was war, das war einmal und ist längst vorbei. Und aus damit. Erlittenes Unrecht läßt sich nur mit Geld gutmachen, und wenn nicht mit Geld, wie denn? Worte wie Hoffnung, Jugend, Zukunft, Friede, Toleranz und Verzeihung tanzten wie Elfen vor seinen Lippen. Seine ganze Art, sein Lächeln, der Wiener Akzent, waren genauso charmant wie sein origineller Einfall, daß am spezifisch österreichischen Judenhaß nur der Föhn schuld sei.

»Der Föhn macht unsere Dickschädel so verrückt und hirnverbrannt. Das Klima im Nachkriegs-Wien hat sich zum Glück gebessert. Mit der deutschen Niederlage und Hitlers Selbstmord war's ein für allemal vorbei. Und wie es bei Shakespeare heißt: ›Ende gut – alles gut‹. So einfach ist es.«

Er merkte sofort, daß ich nicht zu den schnellen Unterschreibern gehöre.

»Die einfachen Dinge sehen manchmal kompliziert aus. Auch dafür habe ich Verständnis. Es eilt ja nicht. Denken Sie darüber nach. Wenn Sie lange genug drüber nachgedacht haben, zeigen Sie sich wieder. Sie sind hier immer herzlichst willkommen. Wir haben leider längst fällige Rechnungen zu begleichen, aber das ist natürlich unser und nicht Ihr Problem.«

Ein Erfinder messianischer Maschinen, der sich weigert, Geld zu akzeptieren, das seiner eigenen Arbeit nutzen kann? Das darf nicht wahr sein, das gibt es nicht; also bin ich vielleicht doch kein Erfinder?

Inzwischen muß die Menschheit auf meine Erlösungsmaschine, und Franz Heimlich auf meine geheime Unterschrift warten. Unvermeidlich. Alles zu seiner Zeit.

An Bord der Swissair 506
Wien–Zürich

Als ich sein Büro endlich verließ, war es bereits fünf. Ich wollte die El-Al-Maschine nach Tel Aviv, die um sieben

Uhr fliegt, erreichen, aber zu spät. So entschloß ich mich einfach, das nächstbeste Flugzeug zu nehmen. Und hatte Glück. Wollte doch längst einmal Professor Max Kalischer in Zürich aufsuchen. Kalischer ist Kabbalist und Herzspezialist. Kopf und Herz nachsehen lassen. Habe jetzt lange genug auf Quichottischen Mühlen Wasser getreten. Zeit für einen guten Rat. Ich habe zwar noch keinen Termin bei Kalischer, aber ich bleibe in Zürich, bis er Zeit für mich findet. Hotel Bel Lac, Zürich. Schreib mir bitte. Ich bin neugierig, wie's bei dir zugeht.

Dein M.

Boris Borovsky
an Emmanuel

Chelmsford, Essex
30. Juni

Lieber Maniu,

deine beiden letzten Briefe habe ich erhalten und hätte sie längst beantwortet, weiß aber nicht, wo anfangen. Wie soll ich dir meinen Zustand beschreiben? Was ist mit mir geschehen? Meine Selbstachtung, meine Ehre, mein Stolz, mein Mut, von der Vernunft ganz zu schweigen – alles ist weg.

Kaputt. Ich habe einen Hund erschossen. Ja, so weit ist es mit mir gekommen. Und die innere Stimme im Ohr wiederholt unaufhörlich: »Einen Hund umgelegt. Nicht einen Mann. Nur einen Hund. Einen kleinen Hund. Schäm dich, schäm dich, du Feigling!« Dabei habe ich noch Glück gehabt. Denn wäre Josh Brown kein Hund gewesen, sondern ein Mann, hätten sie mir lebenslang gegeben. Aber zum Glück war er nur ein kleiner braungefleckter Jagdhund, mit großen, dunklen, treuen Augen, wie eben so ein Hund aussieht. Glücklicherweise werden menschlichen Verbrechen menschliche Maßstäbe zugrunde gelegt, und ich konnte ihnen sofort schwarz auf weiß beweisen, daß er es war, der mich dazu aufgefordert hatte, ihn zu erschießen, ja sogar darauf bestand. Das hat mich hierher ins Herzweg gebracht. Als man mir sagte:

»Ihre Sachen packen! Sie brauchen ein paar Wochen Erholung!« bin ich brav mitgegangen. Bei der Aufnahme hat man mir alles weggenommen. Ich habe mich nicht beschwert, kein Wort gesagt.

Mir war es, ehrlich gesagt, völlig gleich, ob ich jetzt in einem Saal mit andern, allein in einer kalten Zelle oder mit Oksana im warmen Ehebett liege. Ich spürte weder Reue, noch gab es hier etwas zu leugnen oder zu verschweigen. Der Beweis war in meiner Tasche, schwarz auf weiß. Sein letzter Brief vom 4. Juni sagt alles:

Sehr geehrter Herr Borovsky,

der Verfasser dieser Zeilen ist ein armer Hund, der sich auf Erden kaum mit Ihnen messen kann. Nicht in dieser Welt. Aber vielleicht in der kommenden, wo sich die Seelen der Menschen und Tiere wahrscheinlich gleichen. In diesem irdischen Jammertal sind vier Beine statt zwei ein Handicap. Das ist wahr. Aber kann ein vierfüßiges Geschöpf sich bei Gott beschweren, Er hätte ihm statt vier Pfoten zwei Füße und zwei Hände geben sollen?

Er hat uns leider keine Hände gegeben, leider nicht, sonst hätte ich Sie längst damit erwürgt, wenn nicht erschossen. Ohne mit der Wimper zu zucken. Ehrenwort. Hände gab Er uns nicht, dafür gab Er uns eine größere Nase, mit der wir Hunde Gedanken lesen können. Ich habe sehr deutlich gemerkt: Sie wollen mich loswerden, wollen mich rauswerfen. Bitte, tun Sie das nicht. Lieber wäre mir, Sie erschießen mich, lieber tot als getrennt von der Frau, der ich aus ganzem Herzen zugetan bin. Ohne Oksana kann ich nicht leben, und mit uns beiden wird sie nicht fertig. Ich weiß, sie ist Ihre Gattin, aber sie ist gleichzeitig meine Frau und überdies nur eine schwache, ganz normale, einsame Frau, die ich verehre. Und sie gehört mir, nur mir. Wenn ich mit Oksana allein bin und Sie können uns nicht hören, gesteht sie mir ihre Liebe. Sie liebt mich wirklich, sie ist in mich verliebt. Sie ist meine Hündin. Sie erzählt mir alles, gibt zu, daß sie nur an mich denkt, während Sie sie umarmen, und selbst wenn es so aussieht, als ob sie vor lauter Ekstase ohnmächtig wird und Ihnen nur noch das Weiße in den Augen zeigt, hat sie ihre Pupillen auf mich gerichtet. Auch wenn sie Ihnen in die Augen schaut, sieht sie nur mich, und wenn Sie sie küssen, spürt sie nur meine Zunge. Sie beichtet mir, daß sie Ihnen nie die Wahrheit sagen kann: weder jetzt noch in Zukunft. Weil Sie es ja ohnehin nie verstehen werden, daß Liebe, die sich körperlich nie erfüllt, ewig währt. Genau das bindet uns: ewige Liebe. Und unsere ist, glauben Sie mir, stärker als der Tod. Deshalb bitte ich Sie, nein, ich flehe Sie an, erschießen Sie mich. Bitte, bitte.

Hochachtungsvoll
Ihr Josh Brown.

Der Brief sagt alles. Ich habe zwei Tage lang gezögert. Wer will sich schon mit Hundeblut besudeln? Aber dieses »bitte, bitte« tanzte mir vor den Augen. Ich verlor völlig den Verstand, habe Kopf- und Rückenschmerzen, kann weder essen noch einschlafen. Bitte, bitte. Ich fürchte, ich werde allmählich verrückt, gehe in die Stadt, will einen

Revolver kaufen, dann wiederum nicht, und schließlich finde ich doch einen. Sobald ich wieder daheim bin, bringe ich's nicht über mich. Ich warte, warte, daß er wegsieht und will ihm gleichzeitig eine letzte Chance geben. Ich setze mich hin und schreibe ihm: »Dein Leben oder mein eigenes. Du kannst wählen, du Hund! Verschwinde! Geh zum Teufel! Mach, daß du wegkommst! Such dir eine andere Geliebte. Das ist meine allerletzte Warnung. Ich habe Gott sei Dank zwei Hände, kann mit einem Revolver umgehen und werde es auch tun. Oksana, eine schwache, arme kinderlose Frau verführen, das kannst du, aber nicht mich. Ich gebe dir genau zwei Tage. Wenn ich dich übermorgen, also Donnerstag früh, noch im Haus finde, bist du ein toter Hund. Das ist alles. Dann bin ich dich los und kann wieder denken. Dein Freund bin ich nicht.«

Ich warte zwei ganze Tage. Er rührt sich nicht, versteckt sich hinterm Vorhang am andern Ende des Zimmers und sieht mich nur an. Er hat Angst vor mir, und das zu Recht. Er wartet vielleicht, daß ich es mir überlege, ich aber warte, bis Oksana ohne ihn weggeht. Dann hat er es aber gekriegt. Genau zwischen die Ohren. Als Oksana heimkam, war sie, vielleicht zum ersten Mal, sprachlos und sagte auffallend ruhig: »Besser du gehst eine Zeitlang in die Herzweg-Klinik.« Dann rief sie jemanden an. Auch mir fehlten die Worte. Ich schwieg. Fühlte mich wie Kitt, wie Wachs in ihren Händen. »Ich bin deine Wanze«, wollte ich ihr sagen, »du hältst mich zwischen Daumen und Zeigefinger. Wenn du zudrückst, ist es aus mit mir.« Aber nicht einmal das konnte ich über die Lippen bringen.

Mit mir ist sowieso alles vorbei, lieber Bruder, und trotz allem habe ich noch Hoffnung. Eine völlig sinnlose Hoffnung. Jedenfalls weißt du jetzt, wo du mich findest. In der Klinik Herzweg.

Dein B.

Emmanuel an seinen Bruder Boris

Hotel Bel Lac
Limmatquai
Zürich, 6. Juli

Zuerst das Wichtigste: Bist du sicher, die Klinik heißt Herzweg und nicht Old King's Hall?

Vor über zwanzig Jahren gab es einen gewissen Viktor oder Bernard Kohnstamm mit einer Klinik in Jerusalem, die Herzweg hieß, und der eine englische Dependance gleichen Namens in Chelmsford eröffnete. Dieser Kohnstamm war ein großer, kräftiger, fröhlicher Wiener, ein lustiger Typ, wenn auch etwas pompös und pedantisch, wie Wiener Professoren nun einmal sind. Aber ein Charmeur.

Ich hatte damals einen Freund, Lorni Rank, einen Psychiater, der im Tobsuchtsanfall seinen Vater erstechen wollte. Er landete bei jenem Kohnstamm in der Klinik in Chelmsford, die aber immer noch unter ihrem alten Namen Old King's Hall bekannt war. Dort habe ich Lorni öfters besucht, und du bist sogar einmal mitgefahren, was du wahrscheinlich vergessen hast. Mit diesem Kohnstamm wurde ich gut bekannt, und später ging das Gerücht um, er hätte die Klinik seinem Neffen gegeben, der sie dann wiederum auf den alten Namen Old King's Hall umgetauft hat. Als Kohnstamm zurück nach Jerusalem ging, haben sie meinen Freund Lorni Rank auch entlassen. Aus ihm wurde später ein berühmter Psycho-Guru, als es chic war, an Gurus zu glauben. Oskar Ichazo, John Lilly, Alan Watts, Fritz Pearl, Arthur Janov, Lorni Rank. Das war die Mode der sechziger Jahre. Jeder wollte seinen eigenen Psycho-Priester haben. Und diese verstanden es, ihre Patienten oder Jünger zu überreden, den eigenen Wahn gegen den des Meisters einzutauschen. Nun, das ist alles längst vorbei. Sollte der gleiche Kohnstamm oder sein Neffe noch Direktor sein, kann ich dir vielleicht helfen. Erstens brauchen wir einen guten Rechtsanwalt und die Unterschriften von zwei Fachärzten, und die brauchen nur die Wahrheit zu beglaubigen: Von deiner verrückten Frau dazu provoziert, hast du in Notwehr einen Hund erschossen, der, das konntest du ja nicht wissen, vielleicht darauf abgerichtet war, dich anzugreifen. Du hast in Notwehr gehandelt, das eigene Leben verteidigt.

Wenn dir dieses Argument nicht gefällt, bleibt dir nichts übrig, als den Richter um Gnade zu bitten. Warst eben eifersüchtig. Auch das kann ein Richter verstehen. Jedenfalls rede dir jetzt ein, du bist auf Ferien und sei guter Laune. Du hast allen Grund dazu. Mit einem Revolver bewaffnet und so übergeschnappt wie du bist, hättest du auch Oksana treffen können oder dir selbst, Gott behüte, eine Kugel durch den Kopf jagen können. Dann wärst du auf ewig begraben. Bis es zur Auferstehung der Toten kommt, kann's lange dauern, und noch länger, sollte der Messias Elim Ffinger heißen.

Wenn ich nur daran denke, wie verrückt und unbedacht du warst, mit einem Revolver in der Hand rumzuspazieren, werde ich wütend. Schon deshalb ist es vernünftiger, ich beruhige mich erst. Einen Hund zu erschießen! Besseres fällt dir nicht ein? Es gibt aber bessere Ziele. Ich brauche nur an diesen Heimlich in Wien zu denken: »Bitte hier die Unterschrift, und hier ist das Geld« – und ich wünsche mir, ich hätte einen Revolver. Stell dir vor! Der Vorkriegsnazi borgt sich von den Juden die Idee, daß man nur in der eigenen Religionsgemeinschaft heiraten soll, dann macht er daraus eine Rassentheorie und kann ganz legal in Kriegszeiten Millionen völlig unschuldiger Menschen ermorden. Und der Nachkriegsnazi will jetzt, daß man ihm seinen Irrsinn verzeiht. Dafür legt er Geld auf den Tisch, um gutzumachen, was sich nie gutmachen läßt. Diese Begegnung in Wien hatte etwas Meta-physisches an sich, als hätten sich die Rollen des Jakob und Esau vertauscht. Ein mächtiger Esau will einen schwachen Jakob überlisten. Bei mir ging es um Leben und Tod, über die wirkliche Bedeutung von Leben und Tod. Und du hast nichts Besseres zu tun, als einen armen Hund usw.

Na ja.

In Wien wurde mir klar – meine Maschine, meine Erfindung, die Erlösung der Welt, der Plan für soziale Gerechtigkeit, das alles kann warten. Verzeihung ist ohnehin nicht vererbbar. Wer keine Verbrechen begeht, braucht keine Verzeihung, und die alten Nazis sind ohnehin fast ausgestorben. Es ist schade um jede Kugel. Unsere heutigen Feinde haben Namen, die sich noch unheimlicher als die eines Franz U. Heimlich anhören. Aber genug davon.

Seit Stunden warte ich hier in der Kronenhalle auf einen Anruf. Wer Kalischer sehen will, muß Geduld haben. Laut Professor Solomon in Jerusalem ist Kalischer »der Herr des hebräischen Buchstaben VAV«. VAV wird als UND verstanden. Und dieses VAV macht aus Zukunft und Vergangenheit... Gegenwart. Heißt es in der Bibel »und Gott wird sagen (im hebräischen)«, übersetzen wir es als »und Gott sprach«, aber dieses VAV, dieses UND, ist nichts anderes als ein Symbol. Das VAV, ein gerader Strich, scheidet Vergangenheit von Zukunft und macht Gegenwart daraus. In Tübingen hat Kalischer sein »Der Buchstabe VAV« veröffentlicht, und es lohnt sich, das genau nachzulesen. Und es lohnt sich zu warten, bis Kalischers Sekretärin anruft und mir einen Termin gibt.

Wie gesagt: Ich sitze in Zürichs bestem Etablissement, wo früher bekannte Literaten und Politiker aßen und tranken (sie tun's auch heute noch). Über mir hängt ein Foto von James Joyce, dem Dubliner, der die Calvinisten seinen katholischen Landsleuten vorzog. Hoch an den Wänden werden die Zünfte mit holprigen Versen in vergoldeten gotischen Buchstaben gefeiert. Bäcker, Fleischer, Maurer, Tischler, Schuster, Schneider und Kesselflicker. Jeder wird für seine brave Arbeit gelobt. Was auch richtig ist. Was mir an diesem Ort am meisten gefällt – von gestärkten Tischtüchern und schwerem Silberbesteck ganz abgesehen –, sind die strammen Waden der nicht mehr so jungen Kellnerinnen (hier gibt's keine männliche Bedienung) in hochgeschnürten Schuhen ohne Spitzen und ohne Fersen.

Das Essen in der Kronenhalle in Zürich, Suppe, Fleisch, Gemüse und Kartoffeln, schmeckt wie an einem Freitagabend bei uns daheim, und sogar besser!

Gestern sah ich endlich den Meister. Am liebsten wäre ich bei ihm geblieben. Jedes Wort, jede Silbe ein Juwel. Die Untersuchung ging schnell. Viel zu schnell. Herz ist in Ordnung. Ich soll das Rauchen und Trinken einschränken und anfangen, mäßig und regelmaßig zu leben, was ich nicht unbedingt hören wollte.

Riet mir auch, ich soll mich körperlich mehr bewegen, mich mehr mit Sex abgeben (wozu mir leider die Zeit fehlt). Ich habe ihm meine Angstzustände beschrieben, daß mir manchmal der Atem ausgeht. Ich bin überzeugt, der Grund ist meine Verzweiflung, daß ich es mit meinen Plänen zu nichts bringe. Er aber hat mir eingeredet, diese Angstzustände wären für mich schon deshalb wichtig, weil ich ohne Lebensbedrohung keinen Finger rühren würde. Da hat er vielleicht recht. Mir geht es um Geschichten, um Leute, und nicht um Erlösung, schon gar nicht um mechanische Erlösung, wovon ich ja nichts verstehe, behauptet er. Auch da hat er vielleicht recht. Ich solle die Geschichten aufschreiben. Eine amüsante intelligente Erzählung wäre nützlicher, als die Menschheit zu erlösen, und ob man die Tasten eines Computers oder einer Schreibmaschine verwendet, es ist der gleiche Vorgang, und das Resultat auf letzterer wahrscheinlich sinnvoller. Wozu alle Weltprobleme auf Anhieb lösen? Wo brennt's?

Genau wie du meint auch er, die Welt sehe nur so schlecht aus, damit wir sie verbessern. Wenn etwas unvollkommen wirkt, wollen wir es vervollkommnen. Das Ungerade geradeziehen, das Unversuchte versuchen – das ist der ganze Sinn des Lebens. Und sonst nichts. Er hat mich irgendwie überzeugt: Mein Projekt ist unwichtig. Drei Dinge kann ich jetzt tun:

Erstens: zurück zu den Krokodilen und zu Australia Mallone; zweitens: zurück nach Paris und zum drittenmal versuchen, ob ich mit meiner alten Freundin Michelle Forgois einen Haushalt teilen kann; und drittens: das George Cinq hat vielleicht den neuen Direktor rausgeworfen und wieder Charles de Tour angestellt. De Tour konnte ich leicht davon überzeugen, daß mein Aufenthalt in seinem Etablissement genügt, um Terroristen fernzuhalten. Wie mir das gelang? Ganz einfach. Hab mir immerzu verschlüsselte Nachrichten geschickt, aber so, daß man bei der Rezeption einen Verdacht gegen den ausländischen Gast hatte, ein Gast, der sich obendrein ständig von gefährlich aussehenden Typen abholen ließ. Meine Bekanntschaft mit Gangstern und andern, die wie Terroristen aussahen, war meine Kreditkarte. Jetzt, im Dienst eines Geheimagenten des Allmächtigen persönlich, wird es mir leichter fallen, mit Namen, Daten und Informationen anzugeben.

Mein Kredit ist dort, wo man sich heutzutage vor unauffälligen Personen fürchtet, gestiegen. Ich habe zwar beschlossen, die Arbeit an der Erfindung aufzugeben, will aber zum allerletzten Mal einen allerletzten Schritt unternehmen. Deshalb fliege ich morgen nach Jerusalem, um einen gewissen Etan Horovitz zu treffen. Mehr darüber in meinem nächsten Brief. Ich werde im King David absteigen und erwarte deine Nachricht. Zum Schreiben fehlt es dir jetzt bestimmt nicht an Zeit. Was anderes kann man bei euch ohnehin nicht tun.

Herzlichst,
dein M.

Ein Brief von Boris Borovsky an seinen Bruder Emmanuel

Old King's Hall
Chelmsford, 12. Juli

Beim letzten Besuch hat mir Oksana deinen Brief vorgelesen. Ich kann meine Lesebrille nicht finden, denn seit ich hier bin, finde ich überhaupt nichts mehr. Auch zu Hause ist sie nicht, Oksana hat bereits überall nachgesehen. Vielleicht habe ich sie verloren und muß mir eine neue besorgen. Nur ist's nicht so leicht, einen Augenarzt zu überreden, ins Irrenhaus zu kommen, keiner glaubt einem Patienten, daß er noch lesen kann, will oder soll.

Was ich hier den ganzen Tag treibe? Ich spaziere im Park herum und denke nach. Denke über so manches nach. Denke nach, was Gott aus dieser Welt gemacht hat und was aus ihr werden soll, wenn Er eines Tages zu müde ist weiterzumachen. Wie dein Professor in Zürich glaube auch ich, daß die Schöpfung nur jetzt in unserer Gegenwart stattfindet. Nichts geschah und nichts wird geschehen, was heute nicht geschieht (es sei denn, Er wird alles satt).

Ich grüble darüber nach, was ich anderes machen würde, wenn ich Gott wäre. Dieser Gedanke bereitet mir schlaflose Nächte.

Meine zweite Überlegung dreht sich ums Wasser. Ich frage mich: Wieviel Wasser braucht die Erde? Es hört einfach nicht zu regnen auf. In London regnet es mit

Brief der Oksana Borovsky an ihren Schwager Emmanuel

The Lodge
Bishop's Avenue
London, 23. Juli

Lieber Schwager,

ich bin die Frau deines Bruders Boris und lese deine Briefe. Brauchst nicht soviel Mitleid mit ihm zu haben, er kriegt nur, was er verdient, der Verbrecher. Ich besuche ihn zweimal die Woche. Er zeigte mir deinen letzten Brief – die anderen auch – und bat mich, ihm vorzulesen. Was er dir schreibt, weiß ich nicht und interessiert mich auch nicht. Eines nur kann ich dir sagen: Ich bin froh, daß sie ihn in der Old King's Hall untergebracht haben. Er ist dort gut aufgehoben. (Du hast recht, Herzweg und Old King's Hall ist dasselbe Irrenhaus.) Der Direktor ist ein Idiot, die Schwestern noch dümmer, die Ärzte Quacksalber. Das Essen für Schweine. Die Bedienung unhöflich. Medizinische Versorgung gleich Null. Obendrein stinkt das ganze Haus nach Katzenpisse. Das ist die reine Wahrheit. Aber mein Boris hat nichts Besseres verdient. Dieser gemeine Schuft und Mörder!

Jetzt etwas anderes. Ich war in Berlin und traf deinen Freund Walter Wertheimer. Ein wunderbarer, ein herrlicher Mensch. In einer Zehe hat er mehr Verstand als mein Boris im ganzen Kopf. Außerdem hat er mehr

Charme, versteht mehr von Frauen, bei ihm ist mehr los im Kopf, und Geld hat er auch mehr als mein Boris. Die Wahrheit zu sagen: Ich habe mich in den Mann verliebt und verrate dir vielleicht ein Geheimnis: Er hat sich in mich verliebt. Habe mit ihm eine ganze Woche verbracht. Er hat mich auf Händen getragen. Stell dir das vor! Er ist ein Ochse, wie mein Onkel mütterlicherseits, oder ein Bär. Trägt eine Frau, eine Frau wie mich, auf beiden Händen! Sage ich meinem Boris, er soll ein Streichholz vom Boden aufheben, sagt er: »Ich habe einen Bruch!« Lieber Schwager! Sorg dich nicht um deinen Bruder, es geht ihm gut, und er kriegt, was er verdient. Ich laß ihn nicht ewig hier, keine Angst. Wenn ich und Walter heiraten werden (Walter schickt mir jede Woche achtundvierzig Rosen per Interflora!), lege ich ein gutes Wort für meinen armen Boris ein, und sie werden ihn sofort entlassen. Und dann? Während ich mit meinem neuen Mann auf Hochzeitsreise bin – er hat versprochen, wir machen eine Weltreise –, sitzt mein armer Boris allein und einsam in seinem großen Haus und wünscht sich einen Hund, eine Katze oder eine Maus, sogar eine Heuschrecke, damit er nicht allein ist und irgendeine Gesellschaft hat. Dein Bruder ist von Natur aus leider sehr melancholisch. Kein Wunder, er ist gefährlich.

Ihn jetzt rauszulassen, hat keinen Sinn. Damit ist ihm nicht gedient. Er ist noch viel zu verwirrt und imstande, sich wieder einen Revolver anzuschaffen. Dieses Mal aber wird er sich wahrscheinlich selber erschießen (warum hat er es nicht getan, der Satan, statt meinen Josh zu ermorden). Denke ich an meinen kleinen Josh, bricht mir das Herz, und denke ich an seinen letzten, wunderbaren Brief, kommen mir die Tränen, und ich höre nicht auf zu weinen. Hoffentlich kennst du diesen herrlichen Brief, wenn nicht, schicke ich dir eine Abschrift. Herzzerreißend. Walter und ich heiraten am 15. Oktober im Tempel Beth Emmanuel an der Fifth Avenue, New York. Anschließend Empfang im Waldorf Astoria. Sechshundert geladene Gäste! Natürlich bist du herzlich eingeladen. Bei meinem ganzen Kummer darf ich nicht klagen. Wenn eine Frau von achtunddreißig einen wahren Gentleman von vierundachtzig trifft, der sie auf Händen trägt, darf sie sich nicht beschweren.

Deine Schwägerin Oksana

lich. Man kann sich eine Zeitlang was vortäuschen, aber nicht ewig. Man kann den Tod nicht besiegen, also bekämpfen sich die Männer untereinander, bis sie alle daran umkommen, dabei finden sie allerlei Ausreden für ihre eigene Blödheit, sagen, sie streiten sich für ihre Frauen, für ihre Familien. Wem machen sie was vor?

Ich habe Walter, und Walter schickt mir jede Woche frische Rosen. Die alten sind noch ganz frisch, und schon trifft ein neuer Strauß ein. Er will mich unter Rosen begraben, dieser perverse Greis. Ich muß sie nachts aus dem Zimmer nehmen, sie betäuben mich. Walter liebt mich, und ich liebe ihn, das steht fest, wenn auch nicht so stark wie meinen Boris. Boris hat mir das Herz gebrochen, hat mich so gut wie ermordet. Wie kann man eins mit dem andern vergleichen? Ich habe nur einen Wunsch und bitte dich noch einmal: Schreib deinem Bruder, er soll mich vor diesem häßlichen Menschen nicht immer wieder nackt ausziehen.

O.

Brief von Emmanuel an seinen Bruder Boris

King David Hotel
Jerusalem, 9. August

Dein Brief vom 12. Juli stimmt mich noch immer traurig, aber mit dem englischen Wetter kann ich dir leider nicht helfen. Es gibt meines Wissens auf der ganzen Welt nur einen Mann, der behauptet, das englische Wetter ließe sich ändern. »Wenn ihr Engländer etwas sonniger und aufgeschlossener, munterer und fröhlicher wärt, würde sich auch das Wetter bei euch ändern. Menschen machen ihr eigenes Wetter«, sagte Laurel Bruce Pierce II vor versammelten englischen Journalisten in einem Interview in seinem Haus in Burbank, Los Angeles. Laurel Bruce Pierce II ist das Produkt eines der reichsten Staaten der Welt, wo Gurus, Magier, Propheten, Scharlatane und Handaufleger, Quacksalber und Naturheilforscher wie Pilze aus dem Boden schießen. L. B. P. II genießt den Ruf eines Regenmachers, weil er den Salatfarmern von La Hoya in Südkalifornien Regen versprach und lieferte.

Vielleicht hat er zu lange oder zu intensiv meditiert oder zuviel »positive Energie« erzeugt? Wer weiß. Jedenfalls wurde aus ein paar Tagen Regen ein verheerendes Unwetter, das zwei Wochen anhielt und nicht nur den Salat, sondern auch die Radieschen-, Gurken- und Tomatenernte in einem Gebiet von fünfzig Quadratkilometern vernichtet hat. Sein Entgelt fürs Regenmachen hatte er

längst eingesteckt, und die Farmer hätten ihn fast ertränkt. Aber so schnell geht in Kalifornien der Ruhm eines Regenmachers nicht unter. Vor kurzem hat er auch den Briten, gegen Geld versteht sich, seine positive Energie und anderen Hokuspokus angeboten. Fand zwar bisher keine Abnehmer, doch mir scheint's, er ist der einzige, der den ständigen Sommerregen in Essex abschaffen könnte.

Die Geschichte habe ich aus der *International Herald Tribune*, kann also nicht darauf schwören.

Bei uns in Jerusalem scheint fortwährend die Sonne. Eine beständige Hitzewelle, wenn man es so nennen kann.

Die Insassen wie auch das Personal von Herzweg (ich besuche Elim fast jeden Tag) sind von der Hitze fast gelähmt und schleppen sich nur ganz langsam durchs Haus und durch den Garten. Auch wenn Elim noch so laut brüllt und tobt, wenn er eine Stunde auf sein Frühstück warten muß, beeilt sich hier keiner. Kohnstamm macht Ferien in Assuan und Kairo, und während er weg ist, spielt Elim »Big Boss«, darf aber selber nicht einmal aus dem Tor auf die Straße, bis der Staatspräsident ihn amnestiert. Er sitzt fest »at Her Majesty's pleasure«, wie das in England heißt. Kohnstamm hat vorsorglich zwei bewaffnete Wachen am Tor postiert, man kann ja nie wissen. Wie ein Schabbtai Zwi, der Messias, von Gott gesandt, könnte er leicht wie ein Houdini verschwinden, meinte Kohnstamm.

Das Personal im Haus behandelt Elim wie seine leibeigenen Sklaven. Mit den Insassen geht er nicht viel besser um. Er behauptet: »Es sind schließlich *meine* Patienten«, was gewissermaßen stimmt, weil ihm ja die Klinik gehört.

Er gab mir eine Liste seiner »Hausgäste«, wie er sie zuweilen nennt. Was für eine Besetzung!

Außer Elim gibt es noch einen Heiland im Haus. Ein

junger Mann, klein und unscheinbar wie eine Maus, ein Maronit aus Beirut. Keine Konkurrenz für den Heiland aus Antwerpen. Wir haben augenblicklich zwei Könige von Israel. Der eine, König David, heißt David Sternovsky und ist ein Zahnarzt aus Natanya. Der andere, König Salomon, trägt Toga und eine Krone mit bunten Glassteinen besetzt. Simchah Misrachi war Eisverkäufer in Tiberias. Jetzt hält er hof und gibt jedem Ratschläge. Samstags kommt seine ganze Verwandtschaft auf Besuch. Zwanzig bis dreißig Angehörige, von Großeltern, die kaum mehr, bis zu Babys, die noch nicht gehen können. Sie machen ihr Picknick im Gras, lachen, schreien, essen, trinken, spielen und tanzen und sind einfach glücklich. Wenn's gar zu laut wird, erscheint Elim und befiehlt allen wie ein Lagerkommandant, sofort aufzuhören oder sein Haus zu verlassen. Kannst dir vorstellen: Das genaue Gegenteil geschieht. Sie machen sich über Elim lustig und gehen erst weg, wenn es Zeit wird, die Kinder ins Bett zu bringen. Augenblicklich haben wir drei Jehovas im Haus, aber nur einen Jesus. Zwei der Jehovas sind protestantische Missionare aus Neuseeland (Zwillingsbrüder, was selten ist), der dritte Jehova ist ein junger, gutaussehender Ingenieur aus Bukarest.

Unser Jesus ist ein Matrose aus Portugal, der in Haifa vom Schiff sprang. Er nennt sich Paolo Jesus Junior und behauptet, der uneheliche Sohn Ben Gurions und Golda Meirs zu sein. Wie es zu dieser seltsamen Elternschaft kam, will er weiter nicht erklären und meint, das wäre völlig unwichtig. Hat vielleicht recht. Jedenfalls ist er Jesus Christus, der Gesalbte, und jederzeit bereit, das zu beweisen, falls man ihn rausläßt, und er hinauf nach Golgotha gehen kann, wo er sich gern ans Kreuz nageln läßt,

nur um der Welt zu zeigen, daß er es ernst meint. Da fällt mir ein, wir haben doch noch einen Jesus im Haus, und weil er, obwohl jüdisch, nicht beschnitten ist, sagt er: »Ich bin der einzige wirklich wahre nichtjüdische Jesus Christus der Welt.« Der Arme ist etwas mißraten, hat einen Buckel, wurde in Tel Aviv von französischen Eltern geboren, die ihn aber nicht beschneiden ließen, weil sie sich zur Zeit seiner Geburt noch nicht entscheiden konnten, ob sie im Land bleiben oder nicht. Wenn man aber ein Kind zwischen Unbeschnittenen im Exil großziehen soll, wozu es erst beschneiden lassen?

Wir haben auch einen Satan, einen gewissen Berl Popovsky, ein wirklicher Teufel, mit runden Augen und dem Zwergwuchs des Mongoloiden.

Er kann nebbich nur »Satan, Satan. Ich bin der Satan!« rufen. Sonst fällt ihm nichts ein.

Heilige Geister haben wir genug, aber lauter Nichtjuden merkwürdigerweise. Franzosen, Engländer und Holländer, dazwischen eine gutaussehende lutheranische Dame aus Hannover, Teresa Kurzschluß, zirka fünfundfünfzig und besonders höflich. Und so könnte ich dir endlos jede Geschichte jedes einzelnen Insassen erzählen. Aber wozu?

Bei dir gibt's wahrscheinlich genauso interessante Hausgäste. Ehrlich gesagt, mir gefallen die Leute hier. Ich bin ganz zufrieden in der Gesellschaft sogenannter Verrückter. Was mir an ihnen gefällt, ist ihre Ehrlichkeit und die Einfalt, mit der sie sich geben. Mich stören sie überhaupt nicht. Ich kann mich hier ausruhen, nachdenken, schreiben, kurzum, ich kann tun, was ich will.

Wir haben einen »französischen Küchenchef«, ein herrlicher, riesiger fetter Italiener, der als einer der besten

Chefs im Mittleren Osten gilt. Was der an Essen hinstellt, ist einfach großartig. Wirklich erstklassig. Die Leute klagen, daß sie bei ihm zu dick werden. Er nimmt das hin wie das höchste Lob, das größte Kompliment, das man ihm machen kann. Jeder ist hier zu dick. Jeder, außer Elim. Der ißt nur Joghurt und Granatäpfel zum Nachtmahl. Und sieht deshalb so gesund aus (sagt er). Ich hoffe, mein Brief trifft dich bei ebenso guter Gesundheit an.

Dein Maniu

Brief von Boris an Emmanuel Borovsky

Old King's Hall
Chelmsford, Essex
17. August

Nein, gestorben bin ich nicht, liebster Bruder, aber trotzdem habe ich von meinem früheren Selbst Abschied genommen. Aus deinem letzten Brief ist zu schließen, daß du die Idee, die Welterlösung mit Hilfe von Computern zu beschleunigen, aufgegeben hast. Ein vernünftiger Entschluß, meine ich. Was mich betrifft: Gott und die Welt interessieren mich zwar noch immer, aber längst nicht mehr wie früher. Trotzdem werde ich immer noch wütend, wenn einer von uns (und dazu noch ein so enger Verwandter wie du) unserer Religion abschwört. Aber was kann man da machen?

Vielleicht zum ersten Mal in meinem Leben beschäftige ich mich mit mir selber, mit dem eigenen Herzen, mit der eigenen Seele. Unsere Religion ist nicht unbedingt wie andere Religionen darauf angelegt, die persönliche Seele zu retten, hat aber prinzipiell nichts dagegen, wenn's einer versuchen will.

Ich mache jetzt eine Analyse bei unserm Chef und Direktor, Bernard Kohnstamm. Bei den andern Insassen heißt er einfach Dr. Crazy, der Mann ist aber keineswegs »crazy«. Im Gegenteil. Vorgestern sagt er mir: »Mister Boris, meiner Ansicht nach leiden Sie an Exkremental-

phobie. Wo Sie auch hinsehen, sehen Sie nichts als Dreck. Aber das soll Sie weiter nicht stören. Jonathan Swift hat unter denselben Wahnvorstellungen gelitten. Denken Sie bloß an sein YAHOOS. In unserer Hausbibliothek finden Sie Swifts Gesammelte Werke. Sie werden bald bemerken, was ich meine.«

Je mehr ich über die Yahoos lese, um so mehr wird mir mein eigenes Leben und meine private Tragödie deutlich.

»Der Yahoo riecht besonders übel. Ein Aroma zwischen Wiesel und Fuchs, das sich zur Brunstzeit noch erhöht und vor allem die Männchen der Gattung erregt.« Auch nach seiner Rückkehr nach England wird Gulliver den Gestank nicht los und bekennt: »Im ersten Jahr nach meiner Rückkehr konnte ich nicht mal den Geruch meiner eigenen Frau und Kinder ertragen. Wenn ich ausging, verstopfte ich mir die Nase mit Lavendel und Tabak!«

(Das könnte unsere Sucht nach dem Aroma von Pfeifentabak, Zigarren und Zigaretten erklären.)

Die Eßgewohnheiten der Yahoos sind ebenso ekelhaft. »Nichts macht den Yahoo widerwärtiger als sein wahlloser Appetit auf alles, was ihm über den Weg kommt. Ob Pflanzen oder Wurzeln, verschimmelte Beeren oder verfaultes Fleisch, der Yahoo frißt alles durcheinander.« Nur in einer Hinsicht unterscheidet sich der Yahoo von allen anderen Tieren, darin nämlich, daß er den eigenen Dreck liebt. Das wesentliche an Swifts Vision und Gullivers Befreiung ist die Erkenntnis, daß der zivilisierte Mensch nicht nur wie ein Yahoo, sondern noch dreckiger als dieser lebt. »Das Wesen des Yahoo besteht in einer Vorliebe für den eigenen Dreck, und in dieser Vorliebe unterscheidet er sich nicht von anderen zivilisierten Bürgern, nur von anderen Tieren«, behauptet Norman Brown.

Quintana nannte Swifts Yahoos »plumpe Sensation« und Middleton Murray, der Ästhet, der den modernen Barbaren des zwanzigsten Jahrhunderts unerträglich findet, ist entsetzt und empört: »Selbst wenn wir den modernen Zeitgenossen noch mehr entblößen, wird er doch nie auf die Stufe des Yahoo fallen. Vielleicht entdecken wir seine Grausamkeit und Bosheit, aber kaum diese ekelhafte Vorliebe für den eigenen Schmutz. Das (Swifts Vision ist hier gemeint) ist eine willkürliche Herabsetzung der menschlichen Gesellschaft, die uns zwar schockiert, aber nicht heilt«, klagt Middleton Murray nicht sehr überzeugend.

Ein paar Jahre deutsches Lager und ein paar Jahre Sibirien oder eine Zeitlang mit polnischen Partisanen im Wald haben unsereins gegen Swifts zimperliche Kritiker abgehärtet. Und nur, weil es keinen Weltkrieg gibt, sollten sich unsere Yahoo-Bedürfnisse geändert haben?

Aber um jetzt von mir zu sprechen: Ich habe meinen Ekel gegen die Menschen und die Welt, in der wir leben, einfach mit meiner Abscheu vor Haustieren ersetzt. Statt meine Mitmenschen zu hassen, was vernünftiger und auf die Dauer gesünder wäre, habe ich mich auf Haustiere verlegt. Kohnstamm und Swift helfen mir sehr. Langsam verstehe ich auch, was mich hierhergebracht hat. Und trotzdem ist es mir immer noch lieber, ein Tier als meinen Mitmenschen zu hassen. Was man (wie du schreibst) in Wien »Föhn« nennt, ist ein Geruch, der sich heute in aller Welt verbreitet hat. Eine laue Luft der Gemeinheit, die zum Himmel stinkt.

Übrigens hast du vielleicht doch recht – wahrscheinlich ist es besser, man jagt einem Messias statt einem Köter nach. Zugegeben, ich beneide dich um deine Un-

ternehmungslust. Du warst aber schon immer so, das Erfinden lag dir im Blut. Ich werde nie vergessen, wie du dich – du warst erst drei und ich fünf – über dich selber gefreut hast, als du dich wahrscheinlich zum ersten Mal im Spiegel sahst. Das war ein Kreischen und Tanzen und Heulen, wie ein wilder Indianer! Du warst glücklich über deine Entdeckung, hast dir natürlich eingeredet, du hättest dich selbst in den Spiegel hineingezaubert. Dazu gehört Phantasie!

Auch ich sollte mich eines Tages selbst entdecken – nur fehlt mir leider deine Natur, mich darüber zu freuen. Wie gesagt, schon immer habe ich dich darum beneidet.

Dein B.

Emmanuel Borovsky an Boris

Alexander-Herzweg-Klinik
Jerusalem, 22. August

Um mit Descartes zu sprechen: »Es stinkt, also bin ich.« Ja, warum eigentlich nicht?

Vorsicht mit der Analyse! Da kommt alles mögliche hoch. Wie bei der Tiefseeforschung können da Dinge ans Licht kommen, die besser begraben bleiben. Ich weiß genau, warum du lieber Tiere statt Menschen haßt: Wenn du deinen Haß auf Menschen zeigst, könnten sie vor dir Angst kriegen und aggressiv werden. Du hast einfach Angst vor Leuten, gib's doch zu, ob sie nun gut oder übel riechen. Du bist ein Feigling, was dein stark ausgeprägter Selbsterhaltungstrieb zur Genüge beweist, nur kann man Feigheit leider kaum als Anomalie bezeichnen. Ich habe eine bessere Erklärung, warum du den Hund umgelegt hast. Der Hund war ein Männchen und hatte einen männlichen Vornamen. Unbewußt sahst du in ihm einen Nachkommen, wurdest, unbewußt natürlich, zum Vater einer Mißgeburt. Statt einen Sohn hat dir Oksana einen Hund »geschenkt«. Wer kann so ein Geschenk schon akzeptieren? Es ist unvermeidlich, daß man so ein Geschenk loswerden will.

Es gab einen zweiten Grund, den Hund umzubringen. Der Hund ist nicht nur dein Sohn und eine Mißgeburt, er ist auch der zweite Mann, der Rivale im Haus. Wer den

Rivalen ermordet, stellt seine Liebe unter Beweis. Oder? Was hältst du davon? Daß Oksana dich mehr als je liebt, ist dir klar, du hast sie dem Rivalen ja weggenommen, und natürlich ist sie dir jetzt noch mehr ergeben. Deshalb erlaube ich mir, dich zu bitten, dich in ihrem Namen zu bitten: Sei diskret!

Daß deine Oksana nicht schüchtern ist, wissen wir, und wenn dein Psychiater in ihren Augen nicht so häßlich wäre, hätte sie bestimmt nichts dagegen, wenn du ihm auch die letzten intimen Details servierst. Entschuldige, ich will mich nicht einmischen. Oksana ist aber (mehr als ich) überzeugt, daß du nur auf mich hörst.

Dein M.

PS. Ich hoffe, es ärgert dich nicht, wenn ich dir ehrlich sage: Dein Kollaps war überfällig. Jahrelange Spannung rächt sich am Ende. Wer spät im Leben in den Ruhestand tritt, hat's nicht leicht. Hättest du, so wie ich, schon Anfang Zwanzig mit dem Arbeiten aufgehört oder dich in eine Frau gleichen Alters verliebt, wäre es vielleicht nicht zu dieser Krise gekommen. Jedenfalls nicht so schnell. Eine gleichaltrige Frau hätte dich bald sowohl von Neugierde wie auch von Leidenschaft kuriert, nicht unbedingt, aber wahrscheinlich.

Brief des Boris an seinen Bruder Emmanuel Borovsky

Old King's Hall
Chelmsford, Essex
29. August

Warum läßt du mich im Stich, du gemeiner Schuft!

Moralische Vorträge halten! Für jeden hast du Verständnis! Aber kein Wort davon, wann du kommst! Habe ich das verdient? Warum diese Kälte? Die ganze Welt wartet darauf, daß man sie rettet, während der eigene Bruder zugrunde gehen mag. Dir ist das scheißegal. Dein eigener Bruder darf ruhig krepieren. Was kümmert's dich?

Ob Oksana mich jetzt mehr oder weniger liebt als früher, ist doch völlig Wurst. Sie hat mich sowieso und ganz und gar in ihrer Gewalt. Sie hat mich eingesperrt, an ihre Launen gekettet, mich mit Spott und Mitleid wie mit heißem Eisen gebrandmarkt. Es kann nicht mehr lange so weitergehen. Mit mir ist es bald aus. Ich geh hier drauf, allein und verlassen. Das hätte ich mir nie geträumt.

Leb wohl,
dein B.

Brief von Emmanuel an Boris Borovsky

Alexander-Herzweg-Klinik
Jerusalem, 8. September

So verrückt und hysterisch warst du nie, du bist nicht wiederzuerkennen. Nur weil man sich im Irrenhaus befindet, muß man nicht gleich jede Selbstbeherrschung verlieren! Und alles wegen einem Hund. Der Hund war eine Mißgeburt und ein Rivale. Basta. Und du hast dich einfach hinreißen lassen! So was kommt vor. Deshalb aber gleich voller Selbstmitleid sein! Und dieser Unsinn mit Swifts Einsicht, daß die Menschen halt gern im eigenen Dreck verkommen. Große Neuigkeit! Das steht schon in den weisen Sprüchen Salomons. Der Mensch bleibt eben was er ist. Darüber soll man sich aufregen? Der Mensch lebt eben beschissen. Na und? Dazu braucht man nicht das literarische Genie eines Swift und eine Vision der Exkremente. Jeder, der die Augen aufmacht und sich die Nase zuhält, weiß das. Besser du hörst wie ich auf Verrückte, Besessene und falsche Propheten als auf deinen Swift. Bei den Narren, mit denen ich umgehe, liegt die Weisheit im Wahn wie Gold im Sand vergraben. Elim zum Beispiel wird wahrscheinlich nie die Menschheit erlösen, mich persönlich aber hat er trotzdem von meinem eigenen Wahn befreit: Meine Juden und meine Mission in der Welt darf ich jetzt ihm überlassen. Zum ersten Mal im Leben bin ich selber ein freier Mann: Mir jedenfalls hat

Gott seinen Messias geschickt, und ich kann Ihm nicht genug dafür danken.

Elim hat mir außerdem eine Vierzimmerwohnung gleich neben seiner geliehen, sehr angenehm möbliert, Vollpension inbegriffen. Das Ganze kostet mich nichts oder doch kein Geld. Während wir Schach spielen, muß ich mir leider stundenlang seine Phantasien anhören, aber halb so schlimm. Bin es inzwischen auch gewöhnt. Im Herzen Jerusalems, im Herzen der geistigen Metropole des Westens mit dem Messias Schach zu spielen, ist ein Schicksal, das man durchaus als erträglich bezeichnen kann. Mir bleibt genug Zeit zum Schreiben, ich komme und gehe, wie und wann es mir paßt und erspare mir die wahnsinnigen Preise im King David. Außerdem wird hier im Haus für Gourmets und nicht für amerikanische Touristen gekocht. Man ißt und lebt hier eben wie ein Mensch, und wenn ich es eines Tages satt bin, zieh ich einfach aus. Immerhin habe ich es vom Erfinder zum Ratgeber eines Heilands gebracht. Nicht schlecht. Ich habe keine Sorgen. Auch Frauen gibt es in der Heiligen Stadt genügend. Man braucht nur ein Telefon. Wie gesagt: Ich habe meinen Erlöser gefunden, und der ist nie langweilig. Heute beim Essen (wenn ich dir das Menü verrate, läuft dir das Wasser im Mund zusammen, also lasse ich es, es wäre zu grausam), haben wir uns was Neues ausgedacht.

Hirohito soll zum Judentum übertreten. Ein japanischer Rabbiner beschäftigt sich schon seit Jahren mit der Bekehrung der japanischen Kaiserfamilie zum Judentum. Wenn's gelingt, haben wir auf einen Schlag zweihundert Millionen (japanische) Juden. Auch der König der Chasaren hat sich im neunten Jahrhundert zum Judentum

bekehrt. Was damals ging, sollte heute auch möglich sein. Was ich davon halte? Eine geniale Idee. Irving Cohens Einfluß am spanischen Hof war reinste Erfindung, pure Phantasie, zugegeben. Dieser Elim Ffinger aber ist der erste praktische Mensch, auf den ich mich verlassen kann.

Kohnstamm ist vom Urlaub zurück, geht uns meistens aus dem Weg, aber hie und da kiebitzt er, schlägt manchmal auch einen guten Zug vor. Elim ist ihm eindeutig überlegen. Und ich? Ich spiele scheinbar um zu verlieren. Das ist natürlich nur ein Trick. Damit wiege ich ihn in Sicherheit. Wenn er dann vor Selbstsicherheit nur so strotzt, schlage ich zu und setze ihn schachmatt! Eine schlaue Strategie, oder nicht?

Dein Maniu

PS. Wozu wir soviel japanische Juden brauchen, ist mir ehrlich gesagt nicht ganz klar, aber die Frage drängt nicht.

Ein Schreiben von Walter Wertheimer an Emmanuel Borovsky

Herzallee 2
Grunewald
Berlin, 22. Juli

Mein Freund, ich danke dir. Am gleichen Abend, als sie in Berlin eintraf, nahm ich sie mit zu Rumpelmayer. Die deutsche Sprache hat die Arme verwirrt (sie redet Deutsch wie ich Spanisch). Zum Ober sagt sie: »Sie machen in mein Kaffee« und wollte sagen »Gieß mir Kaffee ein«, wie man wahrscheinlich zu einem jüngeren Bruder bei ihr daheim im sibirischen Iglu redet. Dem Chauffeur will sie ein Kompliment machen und sagt: »Sie farten wie ein Windhund.« Fahren und farten ist für sie das gleiche. Sehr lustig! Im Bett hat sie mich wie ein Traktor gepflügt. Mußte ihr einen ganzen Liter Portwein eingießen, sonst hätte sie nie aufgehört. Vor Erschöpfung eingeschlafen, werde ich am nächsten Morgen spät wach, am Penis einen Zettel: »Love from your fucking Highness.« Auf englisch. Ich habe sie im Spaß einmal mit »Ihre Hoheit« angesprochen. Mein Chauffeur hat eine vierzehnjährige Nichte, ein liebes nettes Kind, das den Onkel manchmal in der Garage aufsucht. Oksana wollte meinen Butler Charles, einen gepflegten Herrn von siebzig, überzeugen, daß er genau wie sein Arbeitgeber das Recht hat, kleine Mädchen zu verführen. »Fick sie im Rolls-Royce!«, klingt fast wie Reklame.

weinen. Hoffentlich kennst du diesen herrlichen Brief, wenn nicht, schicke ich dir eine Abschrift. Herzzerreißend. Walter und ich heiraten am 15. Oktober im Tempel Beth Emmanuel an der Fifth Avenue, New York. Anschließend Empfang im Waldorf Astoria. Sechshundert geladene Gäste! Natürlich bist du herzlich eingeladen. Bei meinem ganzen Kummer darf ich nicht klagen. Wenn eine Frau von achtunddreißig einen wahren Gentleman von vierundachtzig trifft, der sie auf Händen trägt, darf sie sich nicht beschweren.

Deine Schwägerin Oksana

Ein Schreiben von Walter Wertheimer an Emmanuel Borovsky

Herzallee 2
Grunewald
Berlin, 22. Juli

Mein Freund, ich danke dir. Am gleichen Abend, als sie in Berlin eintraf, nahm ich sie mit zu Rumpelmayer. Die deutsche Sprache hat die Arme verwirrt (sie redet Deutsch wie ich Spanisch). Zum Ober sagt sie: »Sie machen in mein Kaffee« und wollte sagen »Gieß mir Kaffee ein«, wie man wahrscheinlich zu einem jüngeren Bruder bei ihr daheim im sibirischen Iglu redet. Dem Chauffeur will sie ein Kompliment machen und sagt: »Sie farten wie ein Windhund.« Fahren und farten ist für sie das gleiche. Sehr lustig! Im Bett hat sie mich wie ein Traktor gepflügt. Mußte ihr einen ganzen Liter Portwein eingießen, sonst hätte sie nie aufgehört. Vor Erschöpfung eingeschlafen, werde ich am nächsten Morgen spät wach, am Penis einen Zettel: »Love from your fucking Highness.« Auf englisch. Ich habe sie im Spaß einmal mit »Ihre Hoheit« angesprochen. Mein Chauffeur hat eine vierzehnjährige Nichte, ein liebes nettes Kind, das den Onkel manchmal in der Garage aufsucht. Oksana wollte meinen Butler Charles, einen gepflegten Herrn von siebzig, überzeugen, daß er genau wie sein Arbeitgeber das Recht hat, kleine Mädchen zu verführen. »Fick sie im Rolls-Royce!«, klingt fast wie Reklame.

Es hat eine Woche gedauert, schneller ging's nicht. Sie wollte gleich hier bei mir bleiben. Jetzt schicke ich ihr Blumen und mußte ihr versprechen, daß wir bald heiraten. Aber ich tue alles, um ihr auszuweichen. Sie haben mir etwas »Besonderes« versprochen, das stimmt. Sehr zutreffend. Oksana Lieblich ist ein Drache ohnegleichen. Vielen Dank! Nach dieser Kostprobe ist es vielleicht vernünftiger, wir verschieben die andere Auswahl bis auf weiteres.

Reden wir lieber über Ihr Szenario. Daraus läßt sich was machen. Ich brauche aber etwas Schriftliches, dann reden wir weiter.

Beste Grüße,
Ihr W. W.

Brief von Emmanuel
an seinen Bruder Boris

Kind David Hotel
Jerusalem, 28. Juli

Das war ein Theater! Schon um halb zehn waren Saal und Lobby überfüllt. »Nur auf Einladung« – Hunderte Neugierige wurden weggeschickt. Aufregung herrschte wie vor einer Premiere ... Und was ich dir jetzt erzähle, ist kaum zu fassen: Die Irrenanstalt, die Klinik Alexander Herzweg, gehört keinem andern als meinem ... Elim Ffinger, meinem Messias aus Antwerpen, und er ist hier unter Hausarrest! Wer hat je gehört, daß ein Patient seine eigene Klinik nicht verlassen darf ohne Zustimmung eines internationalen Gremiums von Fachärzten. Sie kamen aus Tokio und Los Angeles, aus Melbourne und Helsinki, ein Babylon von vierzehn Sprachen, ein Wirbel, kaum zu beschreiben.

Im Saal, den die Insassen gelegentlich auch als Kino oder Synagoge verwenden, hat man die *Thoralade* wohlweislich abgeschirmt, um heilige Worte vorm messianischen Geschwätz des Hausbesitzers zu beschützen.

Aus technischen Gründen wurde eine Viertelstunde Verspätung angesagt. Etan erkundigte sich nach meinem Projekt, aber sobald ich davon anfing, wollte er sofort wissen, wie es dir geht. Und als ich über dich zu reden begann, hat er mich mitten im Satz unterbrochen. Er ist nur an Prominenz interessiert und wollte nur hören, wo und wie ich mit Elim zusammentraf.

Man kauft sich frei – und zwar nur mit Geld. Was ist dir deine Freiheit wert? Es geht darum, Lösegeld aufzutreiben, und sonst nichts. Und du hast es ja, also kauf dich los. Wer läßt sich schon einsperren? Nur einer, der seine Freiheit nicht zu schätzen weiß, oder sich die Freiheit nicht leisten kann. Du bist versklavt, bist hörig. Einer Frau wegen hast du den Verstand verloren. Ich will dich nicht angekettet sehen. Ich vertrag's nicht. Deshalb siehst du mich erst dann, wenn du dich losgekauft hast.

Ich wiederhole – kauf dich los!

Unsere Situation ist nicht vergleichbar. Ich kann tun, was ich will, kommen und gehen, wann ich will. Der Mann, dem ich so zugetan bin, hält mich nicht gefangen. Ich bin ein freier Vogel, und wenn es mir morgen gefällt, fliege ich zu meiner Australia Mallone zurück. Ein Luftmensch, der fliegt, wann es ihm paßt...

Ich brauche keine Oksana, keine kindische Leidenschaft. Ich kann auch so leiden.

Sieh du nur zu, daß du so bald wie möglich aus deinem Käfig rauskommst, und wenn du wieder lachen kannst, ändert sich auch das Wetter, und wenn du Lust hast, besuchst du mich hier, wo die Sonne immer scheint. Wir könnten dann zu dritt Pläne schmieden, wie man die Welt beherrscht. Grotesk oder verrückt, unwahrscheinlich, lächerlich? Was du willst. Ich jedenfalls denke jetzt endlich nur praktisch. Bin ein Realist geworden, und das zum ersten Mal in meinem Leben.

Dein Maniu

Boris Borovsky
an seinen Bruder

Brown's Hotel
Dover Street
London, 22. Oktober

Du hast lange nichts von mir gehört, und das aus guten Gründen. Drei Wochen lang war ich so wütend auf dich, ich konnte dir einfach nicht schreiben. Du hast mich einen Sklaven genannt, und zu Recht, auch wenn mich dieses Urteil eine Zeitlang vernichtet hat. Ein Leben lang bildet man sich ein, man wäre ein freier Mensch, dann kommt man eines Tages dahinter, daß alles Selbstbetrug war, das ganze Leben. Einen Hund habe ich zum Teufel geschickt und mir seine Leine um den eigenen Hals gelegt, meiner Herrin erlaubt, mich wie einen Köter zu behandeln. Eines Tages wurde ich wach, rief meinen Rechtsanwalt an und teilte Oksana mit: »Ich laß mich von dir scheiden.« Natürlich hat sie losgeheult und wird noch eine Zeitlang heulen, aber am Ende haben wir alles friedlich geregelt. Sie kriegt das Haus und den Bentley und von dem Geld, das wir für sie ausgesetzt haben, kann sie einen ganzen Zoo ernähren. Alles hat eben seine Zeit, und ich war an dem Punkt angelangt, wo es nicht mehr weiter ging. Ich bin endlich aufgewacht...

Augenblicklich wohne ich im Brown's, doch wirst du mich bald in Jerusalem sehen. Ich freue mich schon darauf. Wir können gemeinsam ein paar schöne Wochen verbringen und zu dritt, wie du schon angedeutet hast, ein paar ausgefallene Pläne schmieden. Ein schönes Triumvirat, wir drei, meinst du nicht? Je mehr ich darüber nachdenke, um so mehr wird mir deutlich, daß Gott die Welt lieber von den sogenannten Verrückten regiert sieht als von den sogenannten Normalen.

In der Bibel steht bereits: »Der Stein, den die Maurer verworfen, wurde am Ende zum Eckstein.«

Laß mich bitte wissen, wann du mich erwartest. Vorsichtshalber habe ich im King David reserviert, kein Grund, daß wir so eng aufeinander hocken. Liebster Bruder! Wie soll ich dir sagen, wie dankbar ich dir bin, daß du mich daran erinnert hast, wozu man Geld hat. Nicht, um sich damit einzuschließen, sondern um sich freizukaufen.

Auch mein Anwalt, Martin Bayer, hat mir wirklich sehr geholfen; er wollte sich, weil er ein hochanständiger Mensch ist, auch mit der Hälfte des Honorars zufriedengeben, doch ich bestand auf hunderttausend Pfund, nur um sie loszuwerden. Nach einigen hitzigen Debatten hat er es endlich akzeptiert, der Rest ging glatt. Vierundzwanzig Stunden später war ich wieder daheim, packte einen einzigen Koffer, nahm ein Taxi und fuhr ins Hotel. Warum ich ausgerechnet in ein Hotel ging, das den Nachnamen eines gewissen Hundes trägt, will ich erst gar nicht enträtseln. Reinster Zufall! Claridges und Mayflower, Westbury und Conaught sind augenblicklich ausgebucht. Deshalb.

Du erreichst mich unter obenstehender Adresse.

Herzlichst,
dein Boris

Letzter Brief des Emmanuel an seinen Bruder Boris

Hotel Palace
George Town
Grand Cayman Island
26. November

Mein lieber Boris,

wo bist du? Wo steckst du?

Erst wollte ich auf dich warten, dann aber bin ich im letzten Augenblick aufgebrochen.

Elim ging mir auf die Nerven, und die Irren haben mich langsam, aber sicher verrückt gemacht. Was anfangs so lustig und amüsant schien, wurde später zum Alptraum. Da habe ich mich kurz entschlossen, zu meiner Australia Mallone zurückzugehen. Um sie zu warnen, habe ich ihr ein Telegramm geschickt, das zwei Tage nach mir eintraf. Der Empfang war trotzdem eine Heimkehr. Was für eine Party! Du hast mir hier gefehlt! In zwei Stunden hatte sie die ganze Familie und sämtliche Bekannte und Nachbarn alarmiert. Bis zum Morgengrauen wurde getanzt, getrunken, gegessen und gefeiert. Das sind herrliche Menschen. Wie erklären, warum sie mir so ans Herz gewachsen sind? Vielleicht deshalb, weil sie von meiner Vergangenheit keine Ahnung haben. Alles ist ihnen fremd. Polen und Deutsche, Auschwitz und Wien, der alte Judenhaß der Rechten und der neue der Linken, Messias-Maschinen, soziale Gerechtigkeit mit Hilfe eines

Computers. Von alldem verstehen sie hier kein Wort. Was in der Welt so vorgeht, steht in Büchern, das weiß jeder, aber gelesen wird hier nicht, das tut man nicht, es sei denn, man ist krank.

Der Priester der Kirche »The Twelfth House of Israel« predigt, daß die Schwarzen (die, wie sie meinen, alle von der Königin von Saba und König Salomon abstammen) die einzig wahren Juden sind. Sie erwarten zwar auch einen Erlöser, aber der ist natürlich schwarz und kann erst kommen, wenn die Nachfolger des Haile Selassie, des Löwen von Juda, wieder nach Addis Abbeba dürfen aus ihrem Exil in Los Angeles, London, Paris und New York.

Das kann noch eine ganze Zeit lang dauern, Gott sei Dank, obwohl ich es ihnen von Herzen wünsche.

Nach meiner Abreise ist auch Elim verschwunden. Las in der Zeitung, man habe ihn nach Belgien abgeschoben. Hoffentlich. Vorläufig will ich von ihm nichts hören, wir korrespondieren nicht. Ich habe keine Ahnung, was er treibt und will es auch gar nicht wissen.

Aber wenn demnächst wieder Gerüchte umgehen sollten, daß die Juden die Weltherrschaft antreten wollen, kannst du sicher sein, daß mein früherer Hausherr und Brotgeber sie lanciert hat, weil er genau wie früher Wirklichkeit mit Erfindung verwechselt, ohne daß er meinen oder deinen Rat dazu braucht.

Auf bald!
Dein Maniu

Ein Nachwort zur deutschen Ausgabe

Der Autor, der sich in die eigene Muttersprache übersetzt liest, hat es nicht leicht mit der Übertragung. Eine Übersetzung dem Sinn und nicht dem Wort nach kann man dem Übersetzer kaum zumuten. Also mußte ich wieder an die Arbeit. Die vorliegende Fassung ist eine Überarbeitung der Übersetzung von Jörg Trobitius.

Dabei war es natürlich unvermeidlich, daß, wenn man sozusagen nochmals in anderer Sprache das gleiche schreibt, es dem Original nicht immer gleichen wird und vielleicht nicht gleichen soll.

Wenn man den englischen und deutschen Text jetzt vergleicht, bemerkt man bald, daß Sätze fehlen oder umgeschrieben wurden.

Dem Sinn nach aber ist *Der Erfinder* auf deutsch wie auf englisch dasselbe Buch, derselbe Roman in Briefen erzählt.

London, März 1987
Jakov Lind

Peter Härtling im dtv

»Er ist präsent. Er mischt sich ein. Er meldet sich zu Wort und hat etwas zu sagen. Er ist gefragt und wird gefragt. Und er wird gehört. Er ist in den letzten Jahren zu einer Instanz unserer (nicht nur: literarischen) Öffentlichkeit geworden.«

Martin Lüdke

Nachgetragene Liebe
dtv 11827
Die Geschichte einer Kindheit – und die Geschichte eines Vaters.

Hölderlin
Ein Roman
dtv 11828
Härtling folgt den Lebensspuren des deutschen Dichters Friedrich Hölderlin.

Niembsch oder Der Stillstand
Eine Suite
dtv 11835
Ein erotischer Roman um den Dichter Nikolaus Lenau.

Ein Abend, eine Nacht, ein Morgen
Eine Geschichte
dtv 11837

Eine Frau
Roman · dtv 11933
Die Geschichte einer Frau – ein Roman über das deutsche Bürgertum.

Der spanische Soldat
Frankfurter Poetik-Vorlesungen
dtv 11993

Felix Guttmann
Roman
dtv 11995
Der Lebensroman eines jüdischen Rechtsanwalts.

Schubert
Roman
dtv 12000
Lebensstationen des österreichischen Komponisten Franz Schubert.

Zwei Briefe an meine Kinder
dtv 12067

Herzwand
Mein Roman
dtv 12090

Božena
Eine Novelle
dtv 12291

Heinrich Böll im dtv

»Man kann eine Grenze nur erkennen,
wenn man sie zu überschreiten versucht.«

Heinrich Böll

Irisches Tagebuch
dtv 1

Zum Tee bei Dr. Borsig
Hörspiele · dtv 200

Ansichten eines Clowns
Roman · dtv 400

Wanderer, kommst du nach Spa…
Erzählungen · dtv 437

Der Zug war pünktlich
Erzählungen · dtv 818

Wo warst du, Adam?
Roman · dtv 856

Billard um halb zehn
Roman · dtv 991

Die verlorene Ehre der Katharina Blum oder: Wie Gewalt entstehen und wohin sie führen kann
Erzählung · dtv 1150
dtv großdruck 25001

Das Brot der frühen Jahre
Erzählung · dtv 1374

Ein Tag wie sonst
Hörspiele · dtv 1536

Haus ohne Hüter
Roman · dtv 1631

Du fährst zu oft nach Heidelberg und andere Erzählungen
dtv 1725

Fürsorgliche Belagerung
Roman · dtv 10001

Das Heinrich Böll Lesebuch
Herausgegeben von Viktor Böll
dtv 10031

Was soll aus dem Jungen bloß werden? Oder: Irgendwas mit Büchern
dtv 10169

Das Vermächtnis
Erzählung · dtv 10326

Die Verwundung und andere frühe Erzählungen
dtv 10472

Frauen vor Flußlandschaft
Roman · dtv 11196

Heinrich Böll im dtv

Eine deutsche Erinnerung
Interview mit René Wintzen
dtv 11385

Rom auf den ersten Blick
Landschaften · Städte · Reisen
dtv 11393

Nicht nur zur Weihnachtszeit
Erzählungen · dtv 11591

Unberechenbare Gäste
Erzählungen · dtv 11592

Entfernung von der Truppe
Erzählungen · dtv 11593

Gruppenbild mit Dame
Roman · dtv 12248

Die Hoffnung ist wie ein wildes Tier
Briefwechsel mit Ernst-Adolf Kunz 1945–1953
dtv 12300

In eigener und anderer Sache
Schriften und Reden 1952–1985
9 Bände in Kassette · dtv 5962
In Einzelbänden
dtv 10601–10609

Heinrich Böll/
Heinrich Vormweg
Weil die Stadt so fremd geworden ist...
dtv 10754

NiemandsLand
Kindheitserinnerungen an die Jahre 1945 bis 1949
Herausgegeben von
Heinrich Böll
dtv 10787

Über Heinrich Böll:

Marcel Reich-Ranicki:
Mehr als ein Dichter
Über Heinrich Böll
dtv 11907

James H. Reid:
Heinrich Böll
Ein Zeuge seiner Zeit
dtv 4533

Gabriel García Márquez
im
Deutschen Taschenbuch Verlag

»Gabriel García Márquez zu lesen, bedeutet Liebe auf den ersten Satz.«

Carlos Widmann in der ›Süddeutschen Zeitung‹

Laubsturm
Roman · dtv 1432

Der Herbst des Patriarchen
Roman · dtv 1537

Der Oberst hat niemand, der ihm schreibt
Roman · dtv 1601

Die böse Stunde
Roman · dtv 1717

Augen eines blauen Hundes
Erzählungen · dtv 10154

Hundert Jahre Einsamkeit
Roman · dtv 10249

Die Geiselnahme · dtv 10295

Chronik eines angekündigten Todes
Roman · dtv 10564

Das Leichenbegängnis der Großen Mama
Erzählungen · dtv 10880

Die unglaubliche und traurige Geschichte von der einfältigen Eréndira und ihrer herzlosen Großmutter
Erzählungen · dtv 10881

Die Liebe in den Zeiten der Cholera
Roman · dtv 11360

Das Abenteuer des Miguel Littín
Illegal in Chile
dtv 12110

Die Erzählungen
dtv 12166

Von der Liebe und anderen Dämonen
Roman · dtv 12272

Oscar Collazos:
Gabriel García Márquez
Sein Leben und sein Werk
dtv 11108

H. G. Wells
im
Deutschen Taschenbuch Verlag

»Herbert George Wells,
der Mann, der schon gestern
alles von übermorgen wußte.«

Christian Ferber
im ›Norddeutschen Rundfunk‹

Die Zeitmaschine
Roman · dtv 12234

Wenn der Schläfer erwacht
Roman · dtv 12235

Der Unsichtbare
Roman · dtv 12236

Die ersten Menschen auf dem Mond
Roman · dtv 12237

Tono-Bungay
Roman · dtv 12238

Mr. Blettsworthy
auf der Insel Rampole
Roman · dtv 12239